Der Leuchtturm am Kap Mar
Dimitrios Zafiris

Der Leuchtturm am Kap Mar
1. Auflage Juni 2018
©/Copyright 2018 Dimitrios Zafiris
Alle Rechte liegen beim Autor
Illustration: Alex van der Linde
Umschlaggestaltung: Sophie Bechalan
Lektorat, Korrektorat: Rohlmann & Engels
Satz & Layout: Dimitrios Zafiris

Druck und Verarbeitung:
Amazon Distribution GmbH , Leipzig
Printed in Germany

Selbstverlag: Dimitrios Zafiris, Äppelallee 19,
65203 Wiesbaden

ISBN Print: 978-3-9819329-3-5
ISBN Ebook: 978-3-9819329-4-2

Besonderer Dank an die Leser der ersten Fassung.

Jeanette, Larissa, Sonja

Dieses Buch ist Spyridon gewidmet, welcher mich erinnert, wie rasend schnell die Zeit vorbeizieht.
Sowie Sonja, welche mich ermutigt, die mir gegebene Zeit voll auszuleben.

Der Leuchtturm am Kap Mar

Am Kap Mar, zwischen Wellen und Wind, thront der Leuchtturm. Ein Ort, an dem Unrecht geschah, und Unrecht geschehen wird.

Denn wenn der Schuldige in Vergessenheit gerät, werden sich die Opfer an den Unschuldigen rächen.

Teil Eins: Friedrichs Abschied

Im Atlantik, 24 Seemeilen vor der nordschottischen Küste.

01.11.1934

An die Liebe meines Lebens,
Seit dem Morgengrauen verharre ich in Gedanken bei unserem Abschied. Halte an der Erinnerung fest und lasse die Wirklichkeit unbemerkt vorbeiziehen. Mein Körper mag in dem schaukelnden Boot gesessen und in den letzten Stunden diesen Leuchtturm abgestreift haben - dennoch habe ich das Gefühl, ich komme jetzt erst an. Jetzt, wo ich dir diese Zeilen schreibe.

Es ist bald Nacht und mit dem Untergehen der Sonne beginnt meine erste Wachschicht im Leuchtturm. Meine Pflicht ist so wichtig, wie leicht zu erfüllen. Die Elektrizität vereinfacht das Entzünden der Befeuerung auf nur wenige Arbeitsschritte und die Anleitungen zur Wartung sind verständlich genug gehalten, dass mir einleuchtet, weshalb heute ein Wärter die Arbeit verrichtet, welche sich früher zwei teilten. Jede weitere Arbeitskraft hier wäre überflüssig und würde nur an den Rationen nagen. Das Einzige, was für Einen alleine eine zu große Last sein könnte, ist die Einsamkeit.

Doch anders als die meisten, blicke ich der Abgeschiedenheit mit einem Lächeln entgegen. Wohl wissend, dass ich die nötige Zeit und Ruhe haben werde, um an meinen Bildern zu arbeiten. Ich werde die Motive, die mein Fenster mir bietet, einfangen und auf Papier bannen, auf dass ich dich mit unzähligen Bildergeschenken empfange, wenn du aus Indien zurückkehrst.

In Liebe,
Friedrich

04.11.1934

An die Liebe meines Lebens,

Ich schreibe diese Zeilen voller Erschöpfung. Meine Aufgaben mögen simpel und leicht zu erfüllen sein, doch sie werden in solchen Abständen von mir verlangt, dass ich keine Zeit für tiefen Schlaf finde. Die Befeuerung muss in der Nacht alle zwei Stunden gewartet und das Wetter über den ganzen Tag alle drei Stunden vermerkt werden. Hinzu kommt das Zubereiten der Mahlzeiten, wobei ich bei dem vorhandenen Proviant, trotz aller Mühen, nur Ungenießbares hervorzubringen vermag. Ich werde mich an das Leben hier erst noch gewöhnen müssen.

Dennoch spüre ich, dass dies der richtige Ort für mich ist, denn es ist der einzige Ort, an dem ich mich in deiner Abwesenheit lebendig fühle.

Jeden Morgen, wenn ich an der Befeuerung stehe und Zeuge werde, wie sich die Sonne erhebt und ihr Licht auf den Ozean wirft, spüre ich es. Hier draußen, weit entfernt von den Lichtern der Großstädte, ist mein Platz. Ist unser Platz. Ich verstehe inzwischen, weshalb du mich nach Schottland bringen wolltest.

Es ist das wandelnde Relief der Wellen im Glanz der Morgenröte, welches mich mit Lebensfreude erfüllt und das Leben an Land so ereignislos erscheinen lässt.

Ich stelle mir vor, wie du beim Lesen dieser Zeile mit dem Kopf schüttelst, und diese Vorstellung ist meine lieb gewonnene Gesellschaft.

Die einzige Gesellschaft in meinem kleinen Reich.

Ich wünschte du könntest mein Reich sehen, Aleen. Der Leuchtturm thront unscheinbar auf einem Felsen, welcher so oft unter Wasser steht. Keine 30 Meter in die Höhe. Doch im Inneren, von der Befeuerung bis zum tiefsten Punkt, müssen es fast 40 Meter sein, denn der Turm bohrt sich in den Fels.

Glücklicherweise muss ich kaum Leitern steigen. Eine Wendeltreppe schlängelt sich an der Wand entlang nach oben und führt auf ihrem Pfad an den Instrumenten und Maschinen vorbei, welche freihängend die Befeuerung antreiben. Die Wunder der Technik faszinieren immer wieder aufs Neue.

Die einzige Leiter im Leuchtturm verbindet die Befeuerung mit der darunterliegenden Etage, welche ich mein Zuhause nenne. Das Rattern der Maschinerie konkurriert mit den Geräuschen des Windes; und doch, fange ich an, mich heimisch zu fühlen.

Vielleicht, weil ich so oft an dich denke.

In Liebe,
Friedrich

08.11.1934

An die Liebe meines Lebens,
Dies sind die letzten Worte, die ich dir schreibe. Ein Sturm zog vor zwei Tagen auf und er scheint mit jeder Stunde gewaltiger zu werden. Die Wellen peitschen gegen mein Fenster, welches ich in sicherer Höhe wähnte.

Die See wird diesen Turm einfordern. Und mit ihm mein Leben, welches ich dir zugeschrieben habe.

Ich hoffe meine Briefe werden ihren Weg durch die Wellen finden und dich erreichen.

In ewiger Liebe,
Friedrich

12.11.1934

An die Liebe meines Lebens,

Nachdem die letzten Briefe meine Unruhe widerspiegelten, muss ich klarstellen, dass ich mich inzwischen sicher fühle an diesem Ort. Der Leuchtturm steht seit 92 Jahren. Es ist mehr als unwahrscheinlich, dass er in den drei Monaten, während derer ich hier stationiert bin, einstürzen wird. Ich werde noch viele Tage und Nächte hier verbringen.

An das Leben eines Leuchtturmwärters gewöhne ich mich nur langsam. Das Essen schmeckt noch immer so abscheulich wie am ersten Tag und die Luft wird immer kälter. Gerade deshalb verweile ich in Gedanken bei dir und deiner Reise.

Du musst inzwischen in Indien angekommen sein. Ich wünschte du könntest mir erzählen, wie es war, durch die Luft zu fliegen und in nur zwei Wochen das andere Ende der Welt zu erreichen.

Hoffentlich teilst du deine Eindrücke mit mir, wenn wir uns im Februar wiedersehen. Im Februar, wenn ich dir meine Bildergeschenke überreiche.

In Liebe,
Friedrich

20.11.1934

An die Liebe meines Lebens,

Mir scheint, der Wind folgt hier draußen eigenen Gesetzen. Wenn es stürmt, reißt er die Wellen empor und schmettert sie mit gewaltigem Krach an den Leuchtturm.

Doch wenn sich die See beruhigt und der Himmel aufklärt, höre ich das Geheule des Windes umso deutlicher.

Somit fällt das Schlafen zu jeder Zeit schwer.

Ich hoffe, demnächst zur Ruhe zu kommen. Ich weiß sonst nicht, wie lange ich noch durchstehe.

In Liebe,
Friedrich

24.11.1934

An die Liebe meines Lebens,
Selbst in meinen Träumen verweile ich diesem Leuchtturm. Erledige die selben Aufgaben, wie im Wachen. Es fällt mir zunehmend schwerer zu unterscheiden, was tatsächlich war, und was ich träumte.

Das Schreiben dieser Zeilen fühlt sich im Augenblick wirklich an. Doch das tat es auch das letzte Mal. Ich hoffe, wenn ich diesen Brief das nächste Mal suche, wird er hier sein.

Die Briefe an dich sind mein einziger Halt. Wann immer ich nicht schreibe, glaube ich, See und Wind sprächen zu mir.

In Liebe,
Friedrich

29.11.1934

An die Liebe meines Lebens,
Ich verkrafte die Einsamkeit weit weniger als erwartet. Sie zehrt an meinem Geist und nährt die Sehnsucht nach Gesellschaft zu solchen Maßen, dass mein Verstand mir Streiche spielt.

Ich höre Stimmen, Aleen. Wenn ich arbeite, wenn ich

schlafe und wann immer ich aus dem Fenster schaue. Ich verstehe nicht, was sie sagen, doch ich habe das Gefühl, sie sprechen zu mir.

Es ist sicherlich nur der Wind, das sage ich mir oft genug. Doch ich weiß nicht, wie lange ich meiner Erklärung noch glauben kann.

In Liebe,
Friedrich

04.12.1934

An die Liebe meines Lebens,
Ein Sturm zieht auf. Das Meer wiegt sich unruhig. Noch halten sich die Wellen zurück, aber nicht lange, und das Geschirr in den Schränken wird wieder beben. Das Schlafen wird für Tage unmöglich sein, obwohl ich mich kaum aufrecht halten kann.
Ich wünsche, du wärst bei mir. Vielleicht würden dann auch die Stimmen endlich verstummen. Ihre Klagelieder hallen seit Tagen durch meinen Geist und rauben mir die Lebenskraft.
Doch selbst wenn die Stimmen weiter klagen würden, ich würde es aushalten, solange du hier wärst. Solange du bei mir wärst. Ich vermisse dich, Aleen.

In Liebe,
Friedrich

Friedrich nahm den Brief und hielt ihn hoch, um seine Gesamtheit in einem besseren Licht zu sehen. Er las ihn einmal leise und einmal laut vor, ehe er ihn wieder auf den Tisch legte, um einen Satz zu ergänzen:
PS: Es wäre so schön, von dir hören zu können.
Penibel faltete Friedrich den Brief dreifach und legte

ihn in den Umschlag, auf den er in Kursivschrift den Namen seiner Frau notierte. *Aleen*

Friedrich legte den Umschlag in den Korb zu den anderen 33 Briefen, die er in den letzten Wochen geschrieben hatte. Ein wachsendes Denkmal seiner Zeit in Abgeschiedenheit. Zeit - zu flüchtig um sich an ihr zu orientieren. Doch was blieb Friedrich anderes übrig? Er suchte auf dem Ziffernblatt nach den Uhrzeigern und seufzte, als er sie fand.

Erneut diese unnütze Zeit vor der Pflicht.

In etwa einer halben Stunde musste Friedrich die Befeuerung entfachen - mehr als genug Zeit um sich eine Beschäftigung zu suchen, aber nicht annähernd genug, um sich in ihr zu vertiefen. Friedrichs Blick schweifte durch die Etage, die er versucht hatte, sein Zuhause zu nennen.

Inzwischen schmückten etwa drei Dutzend seiner Bilder die kreisrunde Wand. Die See bei sonnigem Wetter. Die See bei wolkigem Wetter. Die See bei Sturm. So unterschiedlich, und doch so gleich. Es fehlte ihm an Motiven. Das Innere des Turmes, allem voran die freihängende Mechanik, interessierte Friedrich nicht. Zu kalt. Zu leblos.

Hätte ich nur einen Spiegel mitgebracht, dachte sich Friedrich, bevor ein lautes Hämmern seine Aufmerksamkeit forderte.

Die Geräusche kamen von weit unten und überschlugen sich auf dem Weg nach oben an den Wänden. Dies war weder Einbildung noch der Wind; dessen war sich Friedrich sicher. Zögernd begann er, die Treppe hinabzusteigen. Dem Hämmern entgegen.

Nicht nur einmal wollte Friedrich umdrehen und das Hämmern ignorieren. Doch was, wenn ein Schiffsbrüchiger Zuflucht suchte? War es nicht die Pflicht eines Leuchtturmwärters zu helfen? Durchaus. Es war Friedrichs Pflicht. Und angesichts dieser Verantwortung konnte Friedrich sein Verhalten nicht von Angst bestimmen lassen.

Die schwere Stahltür hing einige Meter über dem tiefsten Punkt des Turmes, um bei jeder Gezeitenlage über dem

Meeresspiegel zu liegen. Dennoch erhoben sich hin und wieder manche Wellen über den Fels und prallten gegen den Stahl. Dieses Hämmern jedoch klang anders. Verzweifelt.

Friedrich öffnete die Tür, und wurde von den letzten Strahlen der untergehenden Sonne geblendet. Als sich seine Augen an das Licht gewöhnten, sah er ihn.

Ein hagerer Mann. Sein Leinenhemd durchnässt und seine Arme um seine Brust geschlungen, um ihn wenigstens einen Hauch von Wärme zu gewähren.

Ohne zu zögern half Friedrich dem Mann hinein und die Treppe hinauf. Fragte nach seinem Namen und seiner Geschichte; doch der hagere Mann zitterte nur, während sich seine blauen Pupillen unruhig umsahen.

Friedrich erahnte, dass der Mann in diesem Zustand keine Antworten geben würde, und so legte er ihn in sein eigenes Bett. Daneben stellte Friedrich einen Teller des ungenießbaren Essens und legte saubere Kleidung zurecht.

Friedrich ließ den Mann ruhen, kletterte die Leiter hoch, entfachte die Befeuerung und begann damit seine Wachschicht. Die Müdigkeit nagte an Friedrichs Aufmerksamkeit - doch er ermahnte sich immer wieder, bei Bewusstsein zu bleiben. Die Verantwortung war zu groß.

Die ersten Sonnenstrahlen, die sich über das Meer streckten, kündigten das Ende seiner Schicht an. Friedrich war erlöst. Er begab sich auf seine Etage, um endlich zu ruhen.

An seinem Bett stand Nahrung und Kleidung. Unangetastet.

Friedrichs Blicke suchten die Etage nach dem hageren Mann ab. Er war verschwunden. Oder nie da gewesen? Friedrich begab sich zur Wendeltreppe, und als sein Fuß die erste Stufe berührte, erfüllte eine raue Stimme den Raum.

„Wunderschöne Bilder hast du da gemalt." Der Dialekt

war Friedrich unbekannt, doch das galt für die meisten der schottischen Dialekte.

Am Rande der Etage, nahe dem Fenster und den Bildern, die es umrahmten, stand er.

Schweigend musterte Friedrich seinen Gast. Die eingefallenen Wangen, die ausgebleichte Haut und diese Augen. Tiefblau. So tief wie die See.

Von dem altmodischen Leinenhemd tropfte das Meerwasser auf den Boden. Es hatte sich bereits zu einer kleinen Lache gesammelt, aus der der hagere Mann emporragte.

Habe ich ihn nicht vor Stunden hineingelassen? Wie kann er noch nass sein?

„Wieso malst du immer nur das Meer?" Die tiefblauen Augen des Mannes warteten darauf, Friedrich Reaktion zu erhaschen.

Friedrich wich den Blicken aus. „Ich male was ich sehe."

Ein Grinsen ritzte sich in das Gesicht des Mannes. „Dann mal doch mich."

Friedrich ging auf den Mann zu. „Wer bist du? Was ist mit dir passiert? Ein Schiffsunglück?"

„Das könnte man so sagen. Ein Schiffsunglück." Wie gelbliche Felsen stachen die wenigen Zähne des Mannes hervor, als er sein Grinsen noch breiter zog. „Jetzt bin ich hier, und ich sehe keinen Weg, von hier zu gehen."

„Das ist wohl wahr. Ich werde erst im Februar abgelöst. Bis dahin wird kein Schiff auftauchen."

Der Mann nickte bedächtig. „Bis Februar also. Wir werden in der Zeit sicher gute Freunde."

Friedrichs Blick verlor sich in der Leere. Er stellte sich die folgenden Wochen in Gesellschaft seines neuen Freundes vor. Die Gespräche, das Malen, und vor allem das Aufteilen der Pflicht. Wie konnte die Stadt diese Pflicht nur einem Einzelnen aufbürden? Im Leuchtturm war genug Platz für einen zweiten Wärter - doch die Einrichtung war auf Einen ausgelegt. Einen Alleine. Friedrich seufzte, um sich von der Niedergeschlagenheit nicht übermannen zu lassen. „Die Rationen reichen nicht für uns Beide.”

Unbeeindruckt, winkte der hagere Mann ab. „Ich bin mit wenig zufrieden und brauche noch weniger, mein lieber Friedrich.”

Friedrich erschrak. „Woher weißt du wie ich heiße?”

Erneut ritzte sich ein Grinsen in das Gesicht des Mannes. „Du hast deine Wetterberichte signiert. Allerdings nicht deine Bilder. Sind dir die Berichte wichtiger?”

„Sie sind eine lästige Pflicht.”

„Eine Pflicht, welche du vernachlässigst.”

„Ich nehme meine Pflichten sehr ernst.”

„Du hast letzte Nacht nichts eingetragen.”

Die Blicke der Beiden trafen sich, hielten sich stand - bis Friedrich sich umdrehte und zum Logbuch schritt.

Er schrieb Wetterdaten auf, die ihm logisch erschienen. Sicher war er sich nicht.

„Welchen Sinn hat es, Buch zu führen, wenn alle Wärter willkürliche Zahlen reinschreiben?”

„Es ist das erste Mal, dass ich es nachtragen muss. Die Zahlen an den anderen Tagen sind korrekt.”

„Deine vielleicht; aber was ist mit den anderen Wärtern?” Die dürren Finger des Mannes blätterten die Seiten zurück. „Hier, der Eintrag hier. 28. März 1932. 15:00 Uhr. 7 °C. Windig. Kein Nebel. Weißt du ob das stimmt?”

Friedrich hatte ähnliche Zweifel an den Einträgen. Das von einem Unbeteiligten zu hören, verstärkte diese Zweifel. „Worauf willst du hinaus?”

„Darauf, dass das Führen dieses Buches Zeitverschwendung ist. Außer denen, die es schreiben, liest es ja doch niemand.”

„Das habe ich auch schon gedacht. Aber viel mehr gibt es hier ja nicht zu tun.”

Wieder dieses verstörende Grinsen. „Du könntest mich malen. Du siehst mich schließlich.”

Friedrich lächelte. Versuchte, das beste aus der Situation zu machen. Er hatte sich schließlich die letzten Wochen nach einem lebenden Motiv gesehnt, und die Ausstrahlung dieses hageren Mannes - die tiefblauen Augen, das von der salzigen Luft geschliffene Profil -, es war mehr, als sich Friedrich wünschen konnte. Genug Inspiration für zahllose Bilder.

Doch Friedrich war müde. Ausgelaugt. Die Nächte wurden immer länger und damit auch seine Schichten. „Ich muss erst schlafen. Danach werde ich dich malen. Wir werden noch viel Zeit haben."

„Das wird ein Spaß. Nach all den Jahren auf hoher See weiß ich gar nicht, wie ich inzwischen aussehe."

„Du hast mir nicht gesagt, wo du herkommst und wie du heißt."

„Nun, lieber Friedrich, ruh dich erst einmal aus, wir unterhalten uns später, wenn du mich gemalt hast."

Friedrich fiel in einen tiefen Schlaf, aus dem er erst Stunden später erwachte. Es war tiefste Nacht. Nach einigen Augenblicken der Schläfrigkeit realisierte er voller Schrecken, dass er verschlafen hatte. *Das Leuchtfeuer!* Friedrich eilte zu der Leiter - doch der hagere Mann stieg die Leiter hinab und stellte sich Friedrich in den Weg. „Endlich bist du wach. Endlich, kannst du mich malen."

Friedrich drängte sich vorbei. „Ich muss die Befeuerung entzünden!"

Der hagere Mann hielt Friedrich fest. „Das habe ich bereits, Friedrich. Komm. Ich habe lange gewartet."

Die Blicke der beiden trafen sich. Friedrich verlor sich im tiefen Blau. Seine Finger zuckten vor Vorfreude dieses Blau auf Papier zu bannen - dann brachten ihn Zweifel zurück in die Realität. „Woher weißt du, wie die Befeuerung zu entzünden ist?"

„Ach, Friedrich. So schwer sind die Schritte nicht, seit die Elektrizität hierher kam. Schon gar nicht mit den Anleitungen, die hier herum liegen. Vor vielen Jahren, da war dies hier noch echte Arbeit, welche nur von Zwei verrichtet werden konnte."

Der Mann setzte sich auf einen Stuhl in der Mitte des Raumes. Friedrich bemerkte erst jetzt, dass eine neue Leinwand auf das Stativ gespannt war. Das Stativ stand einige Meter vom Platz des Mannes entfernt.

Die ersten Striche zogen sich noch zurückhaltend, doch schon bald formten sie mit Schwung die Konturen des Gesichtes. Die eingefallenen Wangen, die kalten, blauen Augen. Pinselstriche sammelten sich zu Farbschichten über Farbschichten und das Portrait wuchs zu einer exakten Kopie des Mannes.

Nach einigen Stunden erhob sich das Motiv, um das Endergebnis zu sehen. Die blauen Augen begutachteten sich in diesem Spiegel aus Papier. „Ich sehe alt aus. Wenn auch nicht so alt, wie ich tatsächlich bin."

„Sagst du mir nun deinen Namen?"

Der Mann schwieg.

Friedrich seufzte. „Verstehe." Er stand auf und begann, seine Pinsel und Farben wegzuräumen. „Wenigstens hat deine Gesellschaft etwas Gutes. Ich konnte malen und habe mir für einen Tag nichts eingebildet. Ich meine, es wäre zwar schöner, einen gesprächigen und offenen Mitbewohner zu haben, aber alles ist besser, als mir einzubilden, der Wind spricht und sucht nach mir."

„Es ist keine Einbildung, Friedrich. Und es ist auch nicht der Wind, der da spricht."

Teil Zwei: Erinnerungen im Wind

Akt Eins: Die Suche nach dem Leuchtturmwärter

1

Für hunderte von Kilometern hatte der Zug die schwarze Rauchwolke hinter sich her gezogen. Als der Zug an Geschwindigkeit verlor um im Bahnhof von Inverness zu halten, schob sich die Rauchwolke vor und umhüllte den Zug.

Manche der am Bahnsteig Wartenden husteten, andere versuchten mit ihren Zeitungen den Rauch von sich weg zu wehen.

Dann öffneten sich die Türen der Wagons und eine Handvoll Leute strömten heraus, um im schwarzen Rauch nach ihren Angehörigen zu suchen.

Die Meisten von ihnen fanden ihre wartenden Verwandten, Freunde, Geliebten und Geschäftspartner, noch bevor sich der Rauch gelichtet hatte.

Alle, außer Aleen.

Aleen hatte die längste Reise aller Ankommenden hinter sich. Die Zugfahrt von Glasgow nach Inverness war nur ein Bruchteil dieser Reise gewesen und im Vergleich wie ein Wimpernschlag vergangen. Selbst die bevorstehende Fahrt mit dem Auto von Inverness nach Inkswick, würden nur unmerkliche Stunden sein.

Aber das Warten auf ihren Gatten - diese knappe Minute, in der sie am Bahnsteig stand und in den unbekannten Gesichtern nach Friedrich suchte - unerträgliche Unendlichkeiten.

Aleen hatte vor dem Antritt ihrer Stelle als Privatlehrerin nicht bedacht, dass zu den drei Monaten Beschäftigung in Indien noch ein weiterer Monat hinzukam, wenn man Hin- und Rückreise mit einberechnete.

Nach diesen vier Monaten wollte Aleen endlich ihren Friedrich wiedersehen, und nicht das ründliche Gesicht eines Schaffners, welcher sie freundlich anlächelte, während seine Hand nach Aleens Koffer griff.

„Ich warte auf Jemanden, Danke." Aleen lächelte aus Höflichkeit und wandte sich wieder ihrer Suche zu. Friedrich hatte sich noch nie verspätet.

Aleen konzentrierte sich so darauf, ihren Mann zu finden, dass sie ein anderes bekanntes Gesicht gar nicht beachtete.

Douglas Mathieson, Aleens Schwager, näherte sich ihr schüchtern - ganz untreu seiner eigentlich direkten Art. Erst hielt Aleen diese Begegnung für einen Zufall. Als sie merkte, dass Douglas sie abholen sollte, fragte sie nach Friedrich.

Douglas wich ihrem Blick aus und suchte nach Worten. Doch Worte waren nicht vonnöten. Aleen lag wenige Augenblicke später weinend in seinen Armen.

2

Den ganzen Tag lang hatte die Sonne das Eis geschmolzen. In kleinen Rinnsalen, verfochten wie Arterien, war das Schmelzwasser über den rauen Stein hinuntergelaufen. Jetzt, wo der Abend sich ankündigte und die Temperaturen fielen, gefror dieses Netz.

Aleen konnte unter der Eisschicht den Namen ihres Mannes nur schwer lesen. „Warum hast du mir nicht bescheid gesagt?"

„Wie denn, Aleen, wenn du ans andere Ende der Welt reist?" Douglas merkte erst nach dem Aussprechen, wie taktlos diese Worte klangen. „Tut mir leid, ich wusste wirklich nicht, wie ich dich in Indien erreichen soll."

„Wie ist es passiert? Ist der alte Leuchtturm eingestürzt?"

„Aleen, es…" Douglas suchte nach nicht allzu taktlosen Worten und meinte sie gefunden zu haben. „Es ist nicht so einfach. Wir wissen nicht genau was passiert ist. Einige Tage vor Heiligabend kam ein Schiff in den Hafen. Mit massiven Schäden am Rumpf. Anscheinend war die Befeuerung am Kap Mar nicht entzündet und so ist das Schiff gegen die Felsen gestoßen. Die See war zu stürmisch um sofort hinaus zu fahren, und als wir nach ein paar Tagen endlich nachsehen konnten…" Douglas verstummte. Er schaute hinab zu Aleen. Mitleid erfüllte ihn. Douglas wollte es ihr schönreden. Doch er spürte, dass Aleen die Wahrheit verdiente. „Friedrich hat sich erhängt. Er hing vermutlich seit ein paar Wochen dort, als wir ihn gefunden haben."

Aleen schaute nicht auf, stattdessen beugte sie sich näher zum Stein. „Deshalb kein genaues Todesdatum." Sie strich über den Namen ihres Gatten und lächelte um ihre Tränen zu unterdrücken. „Ich hoffe du hattest eine schöne Beisetzung. Mit der Musik die du so liebst."

Douglas hatte sich für die Wahrheit entschieden. Jetzt zu schweigen, würde seine Selbstachtung für Wochen - wenn nicht Monate - zunichte machen. „Es gab keine Beisetzung. Die meisten halten Friedrich für einen feigen Verbrecher, der das Leben von Seefahrern gefährdet hat. Der Pfarrer wollte Friedrich nicht einmal auf dem Friedhof wissen, weil er sich das Leben selbst nahm."

„Was ist mit dir und Margret?"

Douglas schwieg.

„Ich weiß ihr mochtet ihn nicht."

„Aleen, ich konnte nichts mit dem Kerl anfangen und hab mich immer gefragt, was du an ihm findest. Aber für einen Verbrecher halte ich ihn nicht. Im Grunde ist die Stadtverwaltung schuld. Ein Deutscher kann hier draußen am rauen Meer nicht überleben."

„Du denkst also es war Selbstmord?"

Douglas verzog das Gesicht in Unverständnis. „Natürlich, er hat sich erhängt."

„Friedrich hat sich nicht umgebracht. Das weiß ich."

3

Aleen saß alleine in ihrem Haus. Sie hatte vor ihrer Stelle in Indien nur wenige Wochen mit Friedrich in diesem Haus gelebt, doch es schien, als würde sein Andenken an diesen Wänden haften. Es waren nicht nur seine Bilder an den Wänden, es war die Erinnerung an Friedrich, die Aleen glauben ließ, er streife durch die Wohnung, wann immer sie schlief.

Aleen versuchte den Schlaf zu meiden. Sie las. Alle 34 Briefe. In der Reihenfolge, in der sie geschrieben wurden, und durcheinander. Wieder und wieder. Von welchen Stimmen sprach Friedrich? Und wer war dieser Mann auf dem Gemälde, der in den Briefen unerwähnt blieb? Aleen kannte ihren Friedrich. Ein begabter Maler - doch unfähig die Bilder aus seinem Geist darzustellen. Friedrich konnte nur malen was er sah.

Nicht nur einmal schaute Aleen auf das Portrait des hageren Mannes. Jedes Mal verstärkte sich die beklemmende Wirkung, die von den Pinselstrichen ausging. Aleen verlor sich im tiefen Blau der Augen - bis sie meinte, am Rande ihrer Wahrnehmung ein Grinsen zu sehen, welches das Gesicht zu einer Fratze verbog.

Ein Wimpernschlag - und das Gesicht wirkte wieder ruhig.

„Mörder…", flüsterte Aleen, als würden die Worte so durch das Papier dringen und diesen Mann erreichen.

4

„Mord?" Douglas wand sich. Es war ihm sichtlich unangenehm darüber zu sprechen. „Ich weiß, du hast viel durchgemacht, aber ich kann und werde nicht wegen Mordes ermitteln."

„Es ist deine Pflicht-"

„Meine Pflicht ist es die Bürger dieser Stadt vor sich selbst zu schützen."

Eine für Douglas unangenehme Stille trat ein. Er stand auf, ging um den Schreibtisch herum und lehnte sich an die Kante, ganz nahe an seine Schwägerin. „Aleen. Gerade mal vier Polizisten beschützen dieses Städtchen und wir haben gerade genug Geld, unsere Waffen mit Munition zu laden. Wir können nichts nachgehen, wo nichts ist. Wo keine Beweise vorliegen; wo nichts dafür spricht, dass es Mord war. Das wäre unverantwortlich gegenüber den Opfern von wahren Verbrechen."

Aleen hatte ihn aussprechen lassen, bevor sie versuchte ihre Sicht darzulegen. „Douglas-"

Er ignorierte Aleen. „Ich weiß, du kannst dir nicht vorstellen, dass Friedrich sich das Leben genommen hat, aber die Indizien sprechen dafür. In seinen Briefen war er gegen Ende ja auch nicht mehr ganz bei Sinnen."

„Du hast unsere Briefe gelesen?"

„Das war meine Pflicht. Ich musste ja herausfinden, warum er da hing. Und nach dem Lesen der Briefe war es klar: Suizid."

„Hast du auch die Bilder angesehen?"

Ein wenig verwundert, schien Douglas seine nächsten Worte abzuwägen. Dann sprach er selbstsicher. „Selbstverständlich, habe ich jedes einzelne Bild angesehen. Aber ehrlich gesagt, interessiere ich mich nicht für Kunst."

Aleen holte eine Rolle hervor und entfaltete das Portrait neben Douglas auf dem Schreibtisch.

Douglas starrte in das Gesicht, in die blauen Augen, und meinte, sie würde nicht dort enden, wo das Papier den Tisch berührte - er fühlte, dass die Tiefe der Augen, der Tiefe des Meeres in nichts nachstand.

Douglas wandte sich ab. „Pack das weg. Niemand darf

wissen, dass ich dir Friedrichs Sachen gegeben habe. Die Hafenbehörde wollte die Briefe und Bilder verbrennen.”

„Friedrich kann nur malen, was er sieht. Diesen Mann hat Friedrich gesehen, bevor er starb.”

„Dann hat er ihn sich eingebildet.”

Aleen schüttelte den Kopf, „Du willst nicht verstehen. Mein Ehemann wurde getötet - und ich werde den Mörder finden und zur Rechenschaft ziehen.”

5

Das Büro der Behörde für Hafensicherheit und Navigation zu See war klein. Zu klein für den dicken Mann, der sich hinter seinen Formularen zu verstecken versuchte.

Seit Aleen den Grund ihres Besuches genannt hatte, war eine stechende Kälte in den Raum gedrungen und der dicke Mann hatte von da an wortlos auf die Formulare vor sich geblickt.

Schließlich schaute er auf. Sein Gesicht in Ablehnung verzerrt. „Ich spreche Ihnen mein aufrichtiges Beileid aus, aber Kompensationen sind ausgeschlossen.”

„Sie können nicht kompensieren, was mir genommen wurde. Sie können aber Ihre Verantwortung-”

Kopfschüttelnd unterbrach der dicke Mann Aleen. „Unsere Verantwortung? Meine Liebe, was glauben Sie ist in diesem Leuchtturm geschehen?”

„Mord.”

„Mord?”, die Augen des Mannes wurden groß vor Verwunderung, bevor sich die Stirn in Ablehnung senkte und die Augen zu kleinen Punkten drückte. „Dann gehen Sie zur Polizei.”

Wortlos hielt Aleen seiner bedrohlichen Miene stand.

Kurz darauf gab der dicke Mann nach, wand sich unruhig und sprach dann leise. „Sie waren vermutlich niemals draußen in solch einem Leuchtturm. Die Einsamkeit kann einen ganz schön fertig machen. Es ist leider keine Seltenheit, dass sich ein Leuchtturmwärter das Leben nimmt. Erst recht im Winter, und vor allen Dingen am Kap Mar - es ist, als würden die Winterstürme die armen Seelen in den Wahnsinn fegen."

„Es starben Weitere am Kap Mar?"

Der dicke Mann blinzelte. Ihn verwunderte, dass Aleen nichts von all den Todesfällen wusste - schließlich waren die Geschichten und Gerüchte über die Tode am Kap Mar der Grund gewesen, weshalb Inkswick in ganz Schottland in Verruf geraten war. Ebenso wie der ehrliche Beruf eines Leuchtturmwärters. Es war für viele Jahre immer schwerer geworden, neue Wärter zu finden - und erst in der letzten Dekade schienen sich die Dinge zu bessern.

Bis der Deutsche am Kap Mar starb - und auf einem Mal, drohten der Hafenbehörde und ihm persönlich wieder ähnlich schwere Zeiten. Wie ein Verzweifelter, der mit einer Tasse Wasser einen Waldbrand zu löschen versucht, beschwichtigte er. „Einige, ja. Stets Suizid mit dem Seil. Aber das ist Ewigkeiten her."

„Und Sie haben sich nie gewundert, was dahinter stecken könnte?"

Der dicke Mann wand sich erneut. „Warum denn? Es war Suizid; außerdem, gab es genügend Wärter, die einen Aufenthalt dort überlebt haben."

„Nennen Sie mir Einen."

„Ross Graham und Hendry Masson zum Beispiel."

„Wo finde ich die Beiden?"

Der dicke Mann schüttelte den Kopf, während sein Blick auf den Formularen vor sich lag. „Es tut mir leid, dass Sie Ihren Gatten verloren haben, aber es gibt nichts was ich für sie tun kann. Ich darf Ihnen keine Auskunft über unsere Angestellten geben. Selbst die Namen sind bereits…" Der Mann unterbrach sich und zeigte zur Tür. „Bitte gehen Sie."

Unbeeindruckt, fixierte Aleen den Mann mit ihren Blicken. „Sehen Sie es als Wiedergutmachung für die ausbleibende Kompensation.”

Der Mann stand auf und blickte auf Aleen herab. „Verlassen Sie auf der Stelle dieses Büro, oder ich rufe die Polizei.”

6

Aleen lernte in den folgenden Wochen, sich zu zügeln. Bedeckt zu hinterfragen und nachzuforschen.

Denn wann immer Aleen preisgab, dass sie die Witwe des zuletzt verstorbenen Leuchtturmwärters war, gefror das Gespräch und Aleen prallte gegen Wälle aus unnachgiebigem Schweigen.

Doch für eine scheinbar Unbeteiligte, welche lediglich tratschen wollte, über Schicksale, die sie nichts angingen, hatte so mancher Bewohner die ein oder andere Geschichte übrig.

Aleen hörte mehr als einmal, dass der Teufel selbst das Leuchtfeuer am Kap Mar lösche, um den Schiffen die Orientierung zu rauben, die Leiber der Seefahrer zu ersäufen und ihre Seelen in die Tiefe der Hölle zu ziehen.

„Doch warum erhängen sich die Wärter?”, fragte Aleen jedes Mal.

„Weil sie begreifen, dass sie des Teufels Werkzeuge sind.”, hörte Aleen in vielen Formen.

Es war bei einem dieser Gespräche, dass ein Metzgermeister beiläufig den Namen der überlebenden Wärter nannte.

„Leben Ross und Hendry noch hier in Inkswick?”

Der Metzgermeister nickte. Die Beiden waren bekannte Gesichter in der Stadt.

Bei Tage stets an den Klippen der Küste zu finden.

„Selbst bei Sturm und Schnee.”, witzelte der Metzgermeister, weil er nicht wusste, wie sehr seine Worte der

Wahrheit entsprachen.

7

Noch am selben Nachmittag suchte Aleen an den Klippen nach den beiden Überlebenden. Ebenso wie in den Tagen und Wochen darauf.

Jeden einzelnen Tag, sofern die Stürme nicht so gewaltig wüteten, dass sie Aleen von den Klippen reißen würden. Oft von Sonnenaufgang, bis Sonnenuntergang, manchmal mit ein wenig Trockenfleich und einer Flasche Wasser in den Taschen, manchmal ohne - aber stets war Aleen alleine auf den Klippen.

Alleine, in Begleitung des Portraits. Gemeinsam suchten sie Schutz unter dem dicken Mantel.

Die Tage waren inzwischen merklich länger geworden, was Aleens Suche zugute kam. Doch auf solchen Höhen war die Luft selbst im April noch rau und stach durch Mantel und Schal hindurch. Seit Wochen nicht richtig gegessen und geschlafen zu haben, beraubte Aleen der Kraft und erschwerte das Aufkommen gegen die Windböen noch weiter.

Der mächtige Wind wehte aufdringlich von allen Seiten her und übertönte die Meeresgeräusche. Doch hin und wieder verstummte der Wind, und Aleen hörte weit unten die Wellen an den Felsen zerbrechen. So deutlich, dass Aleen sich nicht davon abbringen konnte, einen kurzen Blick in die Tiefe zu wagen.

So blieb Aleen eines Tages stehen, bevor sie sich behutsam dem Rand der Klippe näherte. Sie blickte hinab.

Mit der Welle, die auf den Felsen rauschte, stieß der Wind in Aleens Rücken.

Ein Schritt hätte gereicht und Aleen wäre ins Leere getreten.

Wäre gefallen. Wäre auf dem selben Felsen zerschlagen

wie die Welle.

Doch Aleen bewahrte das Gleichgewicht und schritt zurück.

Als ihr Puls sich beruhigte, und ihre Sicht sich wieder fing, sah Aleen nicht unweit von sich zwei Männer am Rande der Klippe sitzen.

8

Aleen stand nahe den Männern, deren Füße von der Klippe baumelten und deren Blicke über das Meer reichten.

Die Klamotten wirkten verwahrlost, ihre Träger verträumt.

Während der eine seinen schmächtigen Körper hängen ließ, saß der andere aufrecht. Es sah so aus, als könnte der Schmächtige das Gewicht seiner Haarpracht und seines Vollbartes nicht tragen. Gesicht und Kopf des aufrechten Mannes hingegen waren bis auf einen imposanten Schnauzer kahl rasiert.

Sie schienen so unterschiedlich und doch untrennbar.

Aleen beobachtete sie eine Weile schweigend, denn sie wollte die Männer nicht erschrecken. Dabei wussten die Beiden bereits, dass Aleen bei ihnen stand.

„Wir haben Besuch, Hendry." Der aufrechte Mann drehte seinen Kopf zu Aleen. „Sie sind doch gekommen, um mit uns das Meer zu bewundern, nicht wahr?"

Aleen antwortete nicht, doch sie reagierte auf die einladende Handbewegung des Mannes und setzte sich zu den Beiden an die Klippe.

Sechs Füße baumelten nebeneinander von der Klippe, und stießen bei jedem Windhauch, der sie streifte, aneinander.

9

Wo Aleen anfangs noch die passenden Worte gesucht hatte, um ein Gespräch in die Wege zu leiten, war sie nun vollends eingenommen von den Reizen die sich ihr boten.

Obwohl das Meer soweit unter ihr lag, trug die Luft den Geschmack von Salz hinauf. Das wuchtige Schmettern der Wellen gegen die Felsen mischte sich in das rhythmische Rauschen der offenen See. Vogelgesänge schmückten das Gehörte, und hin und wieder schwang sich ein Vogel sogar durch ihr Sichtfeld, welches ansonsten von zwei Formen von Blau dominiert wurde: Himmel und See. Aleen wusste wieder, weshalb sie Friedrich nach Schottland bringen wollte.

Es wäre ein schönes Leben geworden. Es war ein schönes Leben gewesen.

„Du bist hier, um über den Leuchtturm am Kap Mar zu sprechen." Ross' Worte rissen Aleen aus ihren Gedanken.

„Woher wissen Sie das?"

„Alle wollen stets über den Leuchtturm sprechen."

Aleen nickte bedächtig. „Aber die Wenigsten haben einen Grund."

„Du hast einen persönlichen Grund." Der Schnauzer verbog sich durch ein Lächeln. „Sonst würdest du dir nicht die Zeit nehmen, mit uns das Meer zu bewundern."

Aleens Blicke wanderten wieder über die Wellen. „Sind Sie oft hier draußen?"

„Jeden Tag und auch manche Nacht. Wer so lange auf das Meer gestarrt hat, wie ich es tat, möchte nichts anderes mehr sehen."

„Wie viele Jahre waren Sie im Dienst?"

„Ach, wer zählt schon Jahre, mein Kind? Ein ganzes Leben verbrachte ich in Leuchttürmen. Und dann sagte man mir, ich sei zu alt. Ich könne jeden Tag tot umfallen. Also sitze ich hier, und warte, dass dieser Tag kommt."

„Sie sehen sehr gesund aus. Sie werden wohl eine Weile hier sitzen.”

Mit einem breiten Grinsen nickte Ross zufrieden. „Das will ich doch hoffen.”

„Waren Sie während Ihres Dienstes oft am Kap Mar?”

„Jeden Winter. Das erste Mal, da hatte ich mich gerade zum zweiten Mal verlobt. Danach jeden einzelnen Winter, für über 30 Jahre. Immer am Kap Mar. Hendry und ich waren nun mal die ersten, die dort einen Winter überlebten, weswegen ich als sichere Wahl gesehen wurde.”

„Waren Sie stets zusammen dort?”

Ross verzog das Gesicht, schaute zu Hendry und legte seine Hand auf dessen Schulter. „Entschuldige, dass ich das anspreche, mein Lieber.” Mit ernster Miene wandte sich Ross wieder Aleen zu. „Hendry hat nur einen Winter ausgehalten und wollte nicht mehr. Das kam der Behörde gelegen. Hatten sowieso die ganzen neumodischen Elektrogeräte gekauft. Damit wurde die Arbeit so leicht, da brauchte es nur noch einen Wärter. Also habe ich viele Monate meines Lebens alleine in Leuchttürmen verbracht. Über den Sommer hin und wieder an Orten in der Umgebung, aber im Winter stets am Kap Mar. Stets ohne Zwischenfälle. Ohne Probleme.”

Ross lehnte sich zu Aleen und flüsterte ihr ins Ohr. „Ganz anders, als der Deutsche, den sie zuletzt dahin brachten. Der machte da weiter, wo meine Vorgänger aufhörten.”

Aleen antwortete nicht.

Es war, als würde Ross an Aleens Gesicht die Umstände ablesen. „Oh, mein Kind, so persönlich?”

Ein Schweigen trat ein und mischte sich zum Wellenrauschen.

Es dauerte nicht lange, bis Aleen das Schweigen unterbrach. „Weshalb wollte ihr Freund nicht mehr ans Kap Mar?”

Ross verlor seine aufrechte Haltung mit einem Seufzer. „Es hat ihm nicht gut getan. Wieso, verstehe ich auch nicht. Er hat sich schon während der Hinfahrt merkwürdig verhalten und von da an ständig phantasiert. Stimmen gehört. Menschen gesehen. Eines Tages ist er ins Wasser gesprungen, um einen Ertrinkenden zu retten. Ich bin natürlich hinterher gesprungen und hab ihn wieder in den Leuchtturm gezerrt, bevor die nächste Flut kam. Aber, bei Gott, ich habe dort niemanden gesehen. Ich habe nie jemanden gesehen, so sehr mich Hendry davon überzeugen wollte. So sehr er gebettelt und geschimpft hat, ich konnte ihm nicht glauben.”

Ross' Blicke fielen auf seinen Freund. Er klopfte ihm auf die Schulter und sah dann zur offenen See hinaus. „Ich kann ihm das aber auch nicht übel nehmen. Hendry wollte mich nicht in die Irre führen. Er hat es wirklich geglaubt.” Ross' Stimme klang brüchig, bei all der Niedergeschlagenheit, die ihn eingenommen hatte. „Hat Jahre gebraucht um wieder normal zu werden. Um zu verstehen, dass da nichts war.”

Aleen beugte sich vor, sah an Ross vorbei und musterte den schmächtigen Hendry, der so kraftlos in die Ferne schaute. „Kann ich mich mit ihm unterhalten?”

„Ich fürchte nicht.” Ross' Stimme und Blicke trugen eine gewisse Wut mit sich. „Vor ein paar Jahren kam ein Gelehrter aus Glasgow hierher. Hat ein Buch geschrieben. Über Geister und anderen Unfug. Wollte beweisen, was man nicht beweisen kann, und hat den armen Hendry dafür eingespannt. Ihm eingeredet, dass das, was Hendry sich damals eingebildet hat, wirklich existieren würde.” Ross schüttelte den Kopf. „Es hat gerade so gereicht, dass er seine Erinnerungen geteilt hat - und seitdem ist Hendry weg. Weg.” Die Hand zeigte in die Ferne. „Irgendwo in Gedanken versunken. Auch deshalb bringe ich ihn hierher. Die See scheint ihn da drin zu erreichen.”

„Was, wenn die See ihn gefangen hält?”

Ross' Blick verlor sich in der Ferne. „Daran habe ich

auch gedacht. Was, wenn er sich durch den Geruch der See jeden Tag wieder daran erinnert, und deshalb nicht wiederkommt?" Mit müden Augen schaute Ross zu Aleen. „Aber, wenn wir dann mal einen Tag in der Stadt verbringen, weint Hendry. Weint so bitterlich wie eine Mutter, die ihr Kind begräbt. Da bringe ich ihn lieber her. Ich werde vielleicht nie erfahren, ob die See Hendry wirklich heilt, aber ich weiß, dass die See seinen Schmerz lindert. Was auch immer der Gelehrte ihm für einen Schmerz eingeredet hat."

„Können Sie mir den Namen dieses Gelehrten nennen?"

„Den verfluchten Namen wollte ich mir nicht merken. Aber du solltest diesen Schwindler recht leicht finden. Oder zumindest sein Buch. Hat damals Aufsehen erregt. Und es gibt nicht viele Gelehrte in Glasgow, die sich mit dem Leuchtturm am Kap Mar befassen. War der erste und hoffentlich der letzte."

In Aleen kochte die Wut auf. Sie stellte sich vor, wie all die vermeintlich klugen Köpfe in Glasgow sich mit sich selbst und der eingeredeten Wichtigkeit ihrer endlosen Debatten beschäftigten. Wie sie weg sahen. „Warum will niemand die Wahrheit erfahren?"

„Vielleicht gibt es keine Wahrheit. Vielleicht wurde sie bereits aufgedeckt."

„Aufgedeckt?" Aleen fasste Ross in ihren Blick. „Weshalb haben sich am Kap Mar so viele Wärter das Leben genommen?"

„Ich bin nicht allwissend, mein Kind. Aber ich habe erfahren müssen, wie nagend die Einsamkeit sein kann. Selbst für mich, der gerne alleine ist. Vielleicht wurde der Deutsche in der Einsamkeit wahnsinnig. Die meisten werden es. Andererseits haben sich die Wärter damals das Leben genommen, obwohl sie zu zweit waren."

„Aber wieso starben so viele und-"

„Ich nicht?", vervollständigte Ross den Gedanken. Sein Gesicht verzog sich, während er die Worte abwog. „Das habe ich mich auch gefragt. Warum traf es mich nicht? Denn ich kannte manchen der Wärter vor mir; sie waren gute, starke Charaktere. Niemand dabei der den Ausweg mit dem Seil wählt. Aber trotzdem…" Ross schüttelte den Kopf und seufzte. Dann entspannte sich sein Gesicht wieder. „Ich glaube was mich am Leben hielt, war, dass ich wusste, wann ich wegsehen und weghören muss."

„Heißt das, Sie haben auch Stimmen gehört?"

Ross hob seinen Finger nahe an sein Ohr. „Die Stimmen des Windes hört jeder da draußen. Doch nicht jeder spricht die Sprache. Ich gehöre zu den Glücklichen, die den Wind nicht verstehen."

Kälte breitete sich in Aleen aus, sodass ihr Leib zusammenzog. Über die Wochen hatte sie sich der beflügelnden Hoffnung hingegeben, eine natürliche Ursache hinter den Mysterien zu entdecken - nun hingen die schweren Ketten der Erkenntnis, dass mehr dahintersteckt, an Aleen und zogen sie runter. Würde Aleen fallen, wäre es vorbei. Sie würde Friedrich wiedersehen. Das Versprechen klang süß. Verlockend.

Aber Aleen gab ihr Bestreben nicht auf. Sie hatte sich, und Friedrich, geschworen den Mörder zur Rechenschaft zu ziehen. Dass es sich bei dem Mörder womöglich nicht um einen Menschen handelte, änderte nichts an diesem Schwur.

Aleen holte die Papierrolle aus der Mantelinnentasche. „Darf ich Sie um einen Gefallen bitten?" Das Portrait wurde aufgerollt, ohne die Antwort abzuwarten. „Können Sie mir sagen, ob sie diesen Mann schon einmal gesehen haben?"

Ross nahm das Portrait und hielt es vor sich. Folgte mit seinen Blicken den Pinselstrichen, während er in Erinnerungen grub. „Nein. Nie gesehen. Ist das der Deutsche?"

Zwischen zwei Augenblicken streckte sich das Empfinden der Zeit. Die wenigen Sekunden dehnten sich zu Ewigkeiten, so dass Aleen Hendrys Bewegungen langsam genug wahrnahm, um sie zu interpretieren.

Doch die Zeit floss so schnell wie eh und je.

Somit geschah es zu schnell, als dass Aleen hätte reagieren können.

Bleich und mit schreckensverzerrtem Gesicht wandte sich Hendry und trat nach dem Portrait.

Sein Fuß durchlöcherte das Papier und riss das Portrait des hageren Mannes aus dem Rest der Rolle.

Ein Windstoß trug das Gesicht davon. Aleens Blicke folgten dem Papierfetzen durch den Wind und so bekam sie nur am Rande mit, dass Hendrys Fuß in der Rückwärtsbewegung an Ross' Ärmel hängen blieb.

Panisch versuchte Hendry sich mit den Händen aufzurichten, rutschte jedoch vom Stein. Ross' Hände reagierten zu langsam und griffen ins Leere. Während Hendry fiel, erstarrte Ross' Leib. Regungslos sah er zu, wie sein Freund sich dem Wasser näherte.

Auch Aleen sah den Körper fallen, doch vor dem Aufprall wandte sie sich ab. Stand auf. Schritt zurück. Ihre Bewegungen gefroren, doch ihr Herz raste.

10

Es waren keine Gedanken, welche Aleens Bewusstsein fluteten; es waren Emotionen welche aufquollen und sie zu ertränken drohten.

Sie fühlte sich verantwortlich und wagte es nicht, Ross in die Augen zu schauen. Sie wollte sich entschuldigen, es rückgängig machen - doch Aleen stand regungslos da. Starrte auf Ross und Ross starrte die Klippe hinab.

Er beugte sich nicht vor. Es war das Gewicht seines Kopfes, welches ihn nach vorne fallen ließ.

Hinunter in die Tiefen.

Aleen hörte keinen Aufprall. Sie hörte den Wind.

Mit langsamen, zaghaften Schritten trat sie an die Klippe und schaute hinab.

Sie sah keine Leiber. Kein Blut. Nur Wellen, die den Felsen herausforderten.

11

In der kleinen Bibliothek in Inkswick, auf einem der abseits stehenden Buchschränke, vergraben unter Fiktion: Aleens letzte Hoffnung.

Professor Mac Alastairs Lebenswerk *Von Küste zu Küste - Parapsychologische Erscheinungen auf Schottischem Boden.*

Ein Wälzer mit über 600 Seiten.

Die alte Bibliothekarin, welche mehrfach klargestellt hatte, dass ihre müden Beine sie nicht tragen konnten und sie mitnichten das Buch heraussuchen würde, stand dicht hinter Aleen. „Haben Sie gefunden was Sie wollten?"

Aleen drehte sich nicht um. Sie las den Titel des Buches noch einmal. Fuhr mit ihren Fingern über die Staubschicht. „Das weiß ich erst, wenn ich es gelesen habe."

„Sie dürfen nichts ausleihen."

Aleen wandte der Bibliothekarin ihr Gesicht zu. Fixierte sie mir ihren Blicken. „Ich werde es hier lesen."

Die alte Frau grunzte und wandte sich ab. Hinterließ jedoch eine Warnung im Raum: „Räumen Sie zuerst diese Unordnung weg. Sonst rufe ich die Polizei."

Aleen realisierte erst in diesem Moment, dass sie von kleinen Bergen aus Büchern umgeben war. Gierig aus den Buchschränken gegriffen, rücksichtslos auf dem Boden entsorgt.

Ein Verhalten, für welches sich die alte Aleen geschämt hätte. Aber die neue Aleen? Die Witwe?

Sie fühlte sich betrogen. Betrogen von der Welt, welche anstatt zu helfen entweder weg sah, oder sich Aleen in den Weg stellte. *Wieso will mich diese Stadt von der Wahrheit fernhalten?*

Mit jedem neuen Tag waren Aleen neue Fragen aufgekommen. Die Schicksale der Wärter, das merkwürdige Verhalten der Stadtbewohner - Aleen würde all diese brennenden Fragen unbeantwortet lassen, wenn sie im Gegenzug erfahren dürfte, was mit Friedrich geschehen war. Doch es gab niemanden, mit dem sie solch einen Handel hätte eingehen können.

Es gab nur Aleens eigenen Willen, weiterzumachen, und dieses Buch, welches Erlösung versprach.

12

Die Lichtverhältnisse waren zu schlecht, um das Lesen angenehm zu gestalten. Doch wenn das Lesen mehr als bloße Unterhaltung ist, lassen sich selbst müde Augen nicht davon abbringen.

Ein detailliert gegliedertes Inhaltsverzeichnis, auf vier Seiten gestreckt. Auf der dritten Seite, unter „Paranormale Küsten" die Worte die Aleen suchte. Das Kap Mar. Seite 419.

Aleen schlug das Buch von Hinten auf und näherte sich der Seite 419. Näherte sich, und verfehlte sie. Aleen blätterte wieder vor. Wieder Zurück.

Auf Seite 418 folgte Seite 452.

Aleen starrte einige Momente auf die 452, bevor sie so energisch aufstand, dass der Stuhl umfiel. Professor Mac Alastairs Buch räumte Aleen ebenso wenig weg, wie die Anderen.

Aleen wirkte ruhig von Außen, als sie sich über die sitzende Bibliothekarin beugte. „Weshalb befand sich das Buch nicht an der Stelle, die sie mir genannt haben?"

„Weil jeder die Bücher, die er sich nimmt, falsch wieder einordnet. Oder haben sie die Bücher an dieselbe Stelle zurückgestellt?"

„Weshalb fehlen Seiten aus dem Buch?"

„Was soll das heißen? Wie führen Sie sich überhaupt auf? Haben Sie die Unordnung weggeräumt?", die alte

Frau versuchte an Aleen vorbei zu schauen.

Die baute sich auf und blockierte bewusst die Sicht. „Wer hatte das Buch vor mir? Wann wurde es das letzte Mal gelesen?"

Die alte Bibliothekarin stützte sich an den Armlehnen ab und hob ihren Körper. „Haben Sie die Unordnung weggeräumt?"

„Ich werde die Unordnung wegräumen. Erst muss ich wissen wer das Buch gelesen hat."

„Damit Sie los stürmen und denjenigen suchen? Soll ich die Unordnung dann selbst beseitigen?"

Aleen lief schnaufend zurück in den Raum, in welchem die Buchschränke standen. Sie wollte der alten Bibliothekarin keinen Grund geben, ihr die Antworten zu verweigern und so räumte Aleen die Bücher mit größter Sorgfalt ein. Sortierte sie nach Kriterien, die nur ihr ausgezehrter Geist verstand. Dann schritt sie wieder an die Rezeption um ihre Antworten einzufordern.

Die Bibliothekarin wartete im Stehen auf Aleen. Zeigte zur Tür. „Raus hier, sonst rufe ich die Polizei."

„Sie haben mir nicht gesagt, wer das Buch zuletzt in Händen hielt."

Der Kopf der alten Frau lief rot an während sie aus ganzer Lunge schrie. „Hilfe! Ich werde bedroht!"

13

Als Aleen die Bibliothek betreten hatte, war es ein wolkiger Nachmittag gewesen. Beim Verlassen hatte sie ein verregneter Abend empfangen.

Nun war es Nacht, und obwohl bereits Bäche die Straßen durchzogen und die neu entstandenen Seen miteinander verbanden, regnete es noch immer. Noch stärker.

Der Wind wehte die fallenden Tropfen umher und ließ Aleen glauben, es regne von den Seiten ebenso wie von oben.

Durchnässt und mit stechender Lunge, lief Aleen an ihrem eigenen Haus vorbei, ohne es zu merken. Hätte sie es gemerkt, wäre es ihr egal gewesen. Sie suchte das Haus von Douglas.

Zwar erinnerte sie sich an die Straße, jedoch nicht an das Haus. Sie klopfte fremde Menschen aus dem Schlaf und versuchte ihr Glück beim nächsten Haus.

Es war die fünfte Tür, welche sich in jener Nacht für Aleen öffnete. Eine Frau, einige wenige Jahre älter als Aleen, stand am Türrahmen. Die Blicke trafen sich. Dicke Regentropfen strömten zwischen den Beiden, und doch brach der Blickkontakt nicht ab.

Schließlich schüttelte die Frau des Hauses ihre Verwunderung ab und sprach mit leiser Stimme. „Was willst du hier?"

„Ich muss mit Douglas sprechen."

„Es ist Nacht. Er schläft."

„Er ist der Polizist dieser Stadt."

„Douglas ist in erster Linie Familienvater. Wenn du Hilfe von einem Polizisten brauchst, dann geh zu Jack. Der ist ledig, und vielleicht daran interessiert mir dir im Regen zu stehen."

„Lass mich mi-"Aleen blieb die Luft im Hals weg, und im nächsten Moment zogen sich ihre Lungen zusammen. Dann hustete sie so stark, dass sie das Gefühl hatte, ihre Lungenflügel würden reißen.

„Aleen?", Douglas' Stimme erreichte Aleen.

Aleen konnte das Husten nicht unterdrücken. Konnte nicht antworten. Nicht einmal aufsehen. Sie spürte nur, wie sie warme Hände ins Haus führten.

14

Bei einem Glas Wasser kam Aleen wieder zur Ruhe,

doch ihre Lunge schmerzte noch immer, als wäre sie von Dolchen durchstochen worden.

Aleen waren nur sanfte Atemzüge mit geschlossenen Augen möglich. So erschrak Aleen, als sich die Wolldecke über ihre Schultern legte.

Douglas' Stimme folgte sogleich. „Ich koche ein wenig Wasser für Tee auf."

„Danke."

Ein Schweigen erfüllte den Raum.

„Wie lange bist du durch den Regen gewandert?"

„Macht es denn einen Unterschied?"

Douglas zog sich den Stuhl zurecht und setzte sich Aleen gegenüber. Sein Blick wirkte nachsichtig. „Willst du mir von Friedrich erzählen?"

„Du kanntest ihn."

„Ich kannte ihn nicht gut."

„Gut genug, um ihn nicht zu mögen."

Douglas seufzte. Sein Blick schweifte kurz umher, bevor er sich vorbeugte und Aleens Hände in die Seinen nahm. „Du wirst dir noch den Tod holen, wenn du bei dem Wetter durch die Straßen irrst. Ich verstehe, dass du trauerst, abe-"

„Wenn du es verstehst, dann hilf mir."

„Wobei, Aleen? Soll ich ohne Beweise und-"

„Fahr mich nach Glasgow."

„Glasgow?" Douglas stutzte. „Selbst wenn wir aus jedem Auto in Inkswick den Sprit beschlagnahmen, kommen wir nicht in Glasgow an."

„Dann fahr mich nach Inverness. Den Rest reise ich mit dem Zug. Ich bezahle den Sprit."

Keine Nachsicht. Nur Mitleid. „Was ist nur aus dir geworden?"

„Eine Witwe."

„Nicht jede Witwe läuft klatschnass durch den Regen und sucht nach Geistern." Douglas schüttelte den Kopf. „Wieso kannst du dich nicht einfach hier einleben? Wieso musst du die Stadt in Aufruhr versetzen?"

„Ich wusste nicht, dass sich die Stadt an meiner Suche stört. Ich dachte sie wäre ihr egal."

„Du kratzt alte Wunden auf. Lässt die Menschen an all das erinnern, was sie vergessen haben. Was die Stadt zurecht vergessen hat, weil es nichts als Hirngespinste waren."

„Hirngespinste? Friedrich war nicht der Einzige der sich am Kap Mar erhängt hat."

„Siehst du? Das ist genau das was ich meine." Douglas sprach die folgenden Worte besonders langsam. „Vor Friedrich, hat ein Wärter für fast vierzig Jahre den Leuchtturm bewacht. Fast vierzig Jahre, ohne dort zu sterben, Geister zu sehen oder Wahnsinnig zu werden."

„Die Wärter davor, haben sich allesamt das Leben genommen."

„Das glaube ich nicht." Douglas lehnte sich auf dem Stuhl zurück. Er sah Aleen nicht an, denn er sprach vor allen Dingen, um sich selbst zu überzeugen. „Die Stadt kann tratschen und phantasieren, wie sie will. Laut der Hafenbehörde gibt es keine Beweise, dass abgesehen von Friedrich, je ein Wärter am Kap Mar starb. Geschweige denn regelmäßig. Und die Behörde muss es wissen. Es ist ihre Pflicht es zu wissen."

„Ihre Pflicht besteht darin, es zu wissen, aber nicht darin dir die Wahrheit zu sagen."

Douglas seufzte wieder. „Was sollen wir nur mit dir machen? Was muss ich denn tun, damit du zumindest versuchst, ein neues Leben anzufangen?"

„Fahr mich nach Iverness. Mehr musst du nicht tun. Und wenn ich dann in Glasgow keine Antwort finde, werde ich versuchen, mich hier einzuleben."

Douglas schwieg. Doch seine Mimik verriet, dass er abwog und sich von jedem zweiten Gedanken ein Stück weit mehr überzeugen ließ. Schließlich stand er auf. „Ich hole deinen Tee, ein Kissen und noch ein paar Decken. Wir reden morgen weiter."

„Danke."

An der Tür blieb Douglas stehen. „Tut mir leid, dass du auf dem Boden schlafen musst. Wir haben nur ein Bett und…"

„Ich verstehe das."

15

Aleen schlief. Weder tief, noch lange - doch zumindest entkam sie der Realität für einige Stunden.

Noch bevor die Sonne aufging, starrten Aleens Augen an die Decke. Der Schlaf würde wieder für ein paar Tage unmöglich sein.

Es war egal.

Aleen wartete. Wartete, dass der Tag beginnen würde.

Wenn sie am frühen Morgen losfahren würden und Aleen den Zug in Inverness nicht verpassen würde, dann wäre Aleen am späten Abend in Glasgow. Müsste nur eine Nacht überbrücken und dann würde sie ihre Antworten bekommen. Professor Mac Alastair. Die letzte Hoffnung. Unterrichtete er noch in Glasgow? War überhaupt Vorlesungszeit? Welcher Tag war es?

Wieder Fragen die Zweifel aufbrachten. Aleen schüttelte sie ab. Sie war nahe an der Wahrheit - das spürte sie so deutlich wie den harten Holzboden unter ihr.

Der Boden aus Holz; die Decke aus Holz. Über und unter Aleen, Holz. Worin bestand der Unterschied zu einem Sarg?

16

Von der Hilfsbereitschaft anderer abhängig zu sein, war ein beklemmendes Gefühl. Denn obwohl Aleen Douglas überzeugt hatte, ihr zu helfen, sah Margret keinen Grund für ihren Gatten, eine solch weite Fahrt auf sich zu nehmen.

„Es ist deiner Schwester wichtig.", sagte Douglas mehrfach an diesem Morgen.

Margret führte jedes Mal einen anderen Grund auf, weshalb es ihr egal war.

Sie stritten hinter verschlossener Tür, aber nicht im Privaten.

Aleen stand an der Tür und hörte die Worte. Die Anschuldigungen. Den Hass.

Ein junges Mädchen, keine zehn Jahre alt, hörte die streitenden Stimmen ebenfalls. Und die Blicke, mit denen sie Aleen durchbohrte, trugen Vorwürfe mit sich.

Aleen schenkte ihr ein Lächeln, um ihr zu zeigen, dass sie bereit war, den Streit außer Haus zu schaffen und den Familiensegen wiederherzustellen.

Mit einem lauten Quietschen öffnete sich die Tür. „Fahrt mich nach Inverness und ich vermachte euch mein Haus."

Das Ehepaar verstummte. Douglas kam sogleich auf Aleen zu und versuchte zu beschwichtigen.

Margret musterte ihre Schwester. Konnte nicht entscheiden, ob sie den Worten glauben schenken konnte.

Aleen erwiderte die Blicke. „Das ist es doch, warum du mich nicht ausstehen kannst. Warum mir Douglas nicht helfen soll."

Douglas schüttelte den Kopf. „Aleen. Bitte. Es ist nicht, dass wir dir nicht helfen wollen. Aber…" Sein Blick versuchte Worte zu ersetzen. Douglas merkte, dass er scheiterte. „Wir wollen dir nicht das Dach über dem Kopf nehmen. Glaub mir."

Aleen ließ Margret nicht aus den Augen. „Oh, es geht nicht nur um das Haus. Es geht um so viel mehr. Darum, dass ich als Jüngere von uns Beiden geschult wurde. Studieren durfte. Nach Deutschland ging. Und dennoch das

Haus unserer Eltern bekam. Margret nimmt mir das sehr persönlich.”

Douglas schwieg um Margret sprechen zu lassen.

Stille erfüllte den Raum, und wurde einige Momente später von Aleen vertrieben. „Meine Bildung ist nutzlos für die Probleme, die mich plagen. In Deutschland fand ich nur, was mir schmerzhaft wieder entrissen wurde. Nimm dir noch das Haus, und es gibt nichts mehr, um das du mich beneiden musst.”

Wie eine Schlange, welche aus der Zurückgezogenheit nach vorne preschte, flog Margrets Antwort durch den Raum. „Du denkst ich bin unglücklich in meinem Leben, und neidisch auf deines? Auf was? Darauf, dass du das Gespött der Stadt bist? Oder darauf, dass du deinen Gatten verloren hast, bevor er dich schwängern konnte?”

„Es reicht!” Enttäuschung beherrschte Douglas’ Gesichtszüge. „Ich werde Aleen nach Inverness fahren. Nicht weil sie deine Schwester ist und ich dir damit einen Gefallen tun will. Sondern weil es eine Schande ist, dass du deinem eigenen Blut nicht hilfst. Nicht einmal willst, dass Andere Aleen helfen. Eine Schande, welche ich bereinigen werde.”

17

„Setz dich schon mal hinein.” Douglas hielt die Beifahrertür auf. „Ich muss Jack fragen, ob der Mechaniker schon hier war, um den Wagen zu inspizieren.”

Die Tür fiel zu und dämmte die Windgeräusche. Aleen fühlte sich beobachtet in diesem Käfig aus Stahl und Glas. Ihre Blicke wanderten wachsam durch die Straße, in welcher der Wagen stand.

Niemand war zu sehen. Niemand. In dieser sonst so belebten Straße. Es wirkte für Aleen, als hätte die ganze Stadt verschlafen, oder sich entschieden im Kollektiv diese eine Straße zu meiden. Vielleicht um Aleen ihre Vernunft hinterfragen zu lassen? Aleen lächelte. *Unnötige Mühen. Ich weiß seit Wochen nicht, ob ich träume. Was ändert das?*

Ein Klopfen. Aufdringlich an der Scheibe des Beifahrers.

Das Gesicht hinter der Scheibe lächelte freundlich, die Hand winkte - Aleen erkannte den Mann, den Friedrich gezeichnet hatte.

Der hagere Mann mit den tiefblauen Augen.

Aleen wollte hinausspringen, ihn ergreifen. Festhalten, bis Douglas ihn verhaften konnte. Doch die Tür ging nicht auf.

Aleen stemmte sich gegen die Tür, aber die Tür gab nicht nach.

Der Mann wandte sich von Aleen ab. Öffnete die Motorhaube und verschwand dahinter.

Noch immer konnte Aleen die Tür nicht öffnen, obwohl sie sich inzwischen mit voller Kraft dagegen warf.

Mit Wucht knallte die Motorhaube wieder runter, und Aleen sah in die tiefblauen Augen unter denen sich ein Grinsen ausbreitete.

Der Mann kam an das Fenster, zeigte auf die Schrauben und winkte, bevor er von dannen ging.

Die Fahrertür öffnete sich.

Aleen drehte sich nicht um. Beachtete Douglas ebenso wenig wie seine Worte. „Tut mir leid, dass ich dich hier rein gesetzt und eingesperrt habe. Ich vergesse manchmal, dass das Schloss an der Beifahrertür Probleme macht. Hoffe du wolltest nicht auf die Toilette." Douglas setzte sich ins Auto und steckte den Schlüssel ins Zündschloss. „Jedenfalls war der Mechaniker gestern schon da. Also können wir losfahren, wenn du das noch immer willst." Douglas lächelte müde, verlor aber das Lächeln als er merkte, dass Aleen nicht reagierte. „Wir können losfahren. Der Mechaniker war bereits gestern da." Douglas verzog das Gesicht, und seine Hand reichte nach Aleens Schulter. „Alles in

Ordnung? Du bist so bleich.”

Als Douglas Aleen berührte, fuhr sie auf. Ihre Pupillen sprangen umher und sie schnappte zwischen den Worten verzweifelt nach Luft. „Wir können nicht fahren. Nicht mit dem Wagen. Er hat ihn sabotiert. Wir sollen nicht die Wahrheit erfahren. Er will uns aufhalten. Er-” Aleen stemmte sich wieder gegen die Tür, doch sie gab noch immer nicht nach.

„Beruhige dich!” Douglas’ kräftige Hände packten Aleens Schultern. Er suchte den Blickkontakt. „Wer ist er? Was hat er mit dem Wagen gemacht?”

Ein Hustenanfall verzögerte Aleens Antwort. Sie sprach gequält. „Er hat Schrauben entfernt. Er will, dass wir sterben.”

„Wer ist er?”

„Friedrichs Mörder.”

Douglas ließ Aleen los und ließ sich auf den Ledersitz zurückfallen. Seufzte und schaute Aleen nicht an.

Als Aleen sich beruhigt zu haben schien, sprach Douglas. „Du brauchst Hilfe. Du musst mit einem Arzt sprechen.”

Aleen wusste, dass sie Hilfe brauchte. Sie wusste aber auch, dass sie diese Hilfe niemals bekommen würde. „Sie werden mich für verrückt erklären und wegsperren.”

„Zumindest wegen dem Husten. Seit gestern Nacht hörst du nicht auf zu husten und es klingt grausam. Schmerzhaft und ungesund. Aleen…” Douglas wandte sich wieder zu Aleen. „Was bringt es denn nach der Wahrheit zu suchen, wenn du stirbst bevor du etwas Brauchbares erfährst?”

Bevor Aleen antworten konnte, zog Douglas den Schlüssel aus dem Zündschloss, öffnete die Fahrertür und stieg aus. Ging um das Auto und schloss die Beifahrertür auf. „Steig aus.”

„Du wolltest mir helfen.”

„Das werde ich. Wenn du dir erst von einem Arzt helfen lässt."

18

Aleen saß alleine im Wartezimmer, während im Zimmer nebenan Douglas zu hören war, wie er mit aufgeregter Stimme seine Sicht der Dinge mit dem Arzt teilte.

Es folgte eine Untersuchung, bei der die Resultate zum Teil bereits vorher feststanden.

So war Aleen alles Andere als verwundert, als der Arzt ihr zu erklären versuchte, dass manche Menschen bei der Bewältigung von Trauer zum Wahnsinn neigten. Laut dem Arzt, soll Aleen solch ein Mensch gewesen sein, welcher von falschen Zielen besessen war, anstatt sich mit der Trauer richtig auseinander zu setzen. Den Verlust zu akzeptieren und weiterzuleben.

Aleen hörte hin, schenkte den Worten aber keine weitere Beachtung.

Als der Arzt jedoch eine Lungenentzündung diagnostizierte und Aleen zur Bettruhe verordnete, wehrte sich Aleen mit Worten.

Die Polizei der Stadt griff ein, denn sie hatte geschworen, Aleen zu helfen. Auch wenn sie sich nicht mit Aleen einigen konnte, was für Hilfe sie eigentlich benötigte.

19

Der einzige Sinn, den Aleen im Leben noch sah, bestand darin, die Tode im Leuchtturm aufzuklären. Sie in einem Krankenhausbett davon abzuhalten, bedeutete für Aleen, ihr das Leben verwehren zu wollen.

Als Aleen in der ersten Nacht bei einem versuchten Ausbruch erwischt wurde, verschlechterte sich ihre Aussicht - wörtlich, und in Hinsicht ihrer geplanten Flucht -

denn von da an wurde sie in einem fensterlosen Zimmer untergebracht, nahe den Aufenthaltsräumen der Krankenschwestern.

Wann immer Aleen die Tür öffnete und in den Flur schaute, sah sie ein oder zwei Krankenschwestern den Gang patrouillieren.

Es schien ihr, als wäre nie Nacht. Nie Ruhe.

Aleen bat um Stift, Papierbögen und zwei Umschläge. Sie schrieb einen mehrseitigen Brief an Professor Mac Alastair, ohne zu wissen, ob dieser Mann noch lebte oder zu welcher Zeit dieser Mann überhaupt gelebt hatte.

Vielleicht war Professor Mac Alastair ein Freidenker des vergangenen Jahrhunderts. Vielleicht handelte es sich bei dem Namen um ein Pseudonym. Für Aleen unwichtige Details. Ihre ganze Aufmerksamkeit lag auf den Zeilen, die sie verfasste. Auf den Briefumschlag schrieb Aleen die Adresse der Universität Glasgow.

Sogleich fing sie an, den zweiten Brief zu schreiben. Gleicher Empfänger, gleicher Inhalt.

Nur schrieb sie auf diesen Umschlag keine Adresse. Sie musste Douglas überzeugen, in die Inkswicker Bibliothek zu gehen, das Buch zu suchen und sich den Namen der Druckerei zu notieren.

Aber erst musste Aleen die zweite Kopie des Briefes fertig schreiben. Ihr Arm schmerzte und wurde taub - doch Aleen war zu eingenommen um dem Beachtung zu schenken.

20

Douglas besuchte Aleen regelmäßig im Krankenhaus. Ihr Zustand verschlechterte sich rasch und besserte sich danach nur langsam.

Es war bereits Juli, als Aleen zum ersten Mal wieder ins Freie trat. Douglas erwartete sie in Begleitung eines Mädchens vor dem Krankenhaus. Stolz grinsend stand Douglas hinter dem Mädchen und ließ seine Hände auf ihren Schultern ruhen.

Das Grinsen wurde immer breiter, je näher Aleen den Beiden kam. „Es freut mich, dich so frisch zu sehen, Aleen. Ich möchte dir jemanden vorstellen. Das ist Saundra.” Douglas beugte sich vor und sprach zum Mädchen. „Sag deiner Tante Hallo.”

Ausdruckslos musterten die kleinen Kinderaugen Aleen. Schließlich bewegten sich die Lippen. „Hallo.”

Aleen lächelte auf die selbe Weise, wie sie bei ihrer letzten Begegnung gelächelt hatte. „Hallo, Saundra.”

Douglas hatte gehofft, von da an würde das Gespräch von selbst laufen, doch eine Stille trat ein. Eine unerträgliche Stille. Hastig unterbrach Douglas sie. „Ich habe mit der Schule gesprochen. Du könntest ab dem nächsten Schuljahr eine Hilfsstelle einnehmen und in ein bis zwei Jahren eine feste Stelle bekommen.”

„Ich fahre nach Glasgow.”

Douglas’ Mimik wandelte sich und trug eine Mischung aus Enttäuschung und Unverständnis. „Ich dachte, du bist zur Vernunft gekommen. Du hast selbst gesagt, dass sich etwas ändern muss; dass du nicht so weiter machen kannst und…”

„Ich habe etwas geändert. Sehr viel sogar. Ich werde nicht länger planlos umher irren und mich von meinen eigenen Sinnen täuschen lassen. Ich werde auf mich, und auf die Gesundheit meines Geistes Acht nehmen. Du hattest nämlich Recht, Douglas. Was bringt es zu suchen, wenn ich sterbe, bevor ich finde?”

„Von all dem, was ich dir zu der Sache gesagt habe, hast du dir nur das zu Herzen genommen?”

Douglas las die Antwort darauf an Aleens Augen ab.

„Verstehe.” Er beugte sich zu Saundra hinab. „Du wirst heute zum ersten Mal den Bahnhof von Inverness sehen. Dort fahren Züge.”

Erleichterung, ist ein zu starkes Wort. Es war eher so, dass die erdrückende Bürde, welche sich Aleen selbst auferlegt hatte, eine neue Form annahm. Die Frage, wie sie Glasgow erreichen würde, war geklärt. Nun lag Aleens ganze Aufmerksamkeit auf der Frage, was sie dort erwarten würde. Ein neues Kapitel in ihrer Reise. Aleen lächelte aufrichtig. „Danke, Douglas."

„Wir hatten nun mal eine Abmachung. Und du hast deinen Teil bereits erfüllt."

21

Die Straße war kaum befahren, und doch so abgenutzt, dass Douglas den Wagen mit großer Vorsicht lenkte. Saundra schlief auf der Rückbank. Aleen saß auf dem Beifahrersitz und verlor sich in Tagträumen. So reiste eine Stille mit, welche für Douglas mehr als unangenehm war.

„Margret hasst dich nicht." Douglas' Stimme klang angespannt. „Sie ist kein schlechter Mensch, es ist nur… dieser verdammte Leuchtturm, Aleen. Seit Friedrichs Tod, sind die ganzen Gerüchte wieder in aller Munde, und es ist… das tut der Stadt nicht gut, verstehst du? Du bist damals nach Deutschland gegangen und hast nicht mitbekommen, wie sehr wir darunter gelitten haben, dass Inkswick in ganz Schottland bekannt wurde, weil wir scheinbar von Geistern geplagt werden. Während andere Städte wachsen, werden wir immer kleiner. Niemand will hier leben - die meisten wollen nicht einmal mit uns handeln. Ihnen wäre es am liebsten, wenn ganz Inkswick einfach von der Karte gestrichen wird."

„Alles nur wegen vermeintlichen Hirngespinsten und Lügengeschichten eines Professors?"

„Natürlich. Er hat sich doch die Worte so zusammengesucht, wie sie ihm passten. Hat diejenigen ignoriert, die ihm sagten, dass da nichts ist; aber dem Verrückten der Stadt, dem widmet er ein ganzes Kapitel. Wie soll ich solch einem Mann trauen, welcher behauptet, die Wahrheit zu suchen, aber schon weiß, wie diese aussieht?"

„Solltet ihr nicht gerade deshalb nach der Wahrheit suchen und euren Ruf bereinigen?"

„Es gibt keine Wahrheit, Aleen. Zumindest keine, die wir nach all den Jahren noch in Erfahrung bringen können. Wenn wirklich früher so viele Wärter gestorben sind - dann ist das tragisch; aber nichts, was wir aufdecken können oder müssen. Die Geheimnisse starben mit ihnen. Wir sollten sie in Frieden ruhen lassen. Sich damit zu befassen ist sinnlos und sogar schädlich. Erst recht, wenn wir Gelehrten aus Glasgow erlauben, Lügengeschichten zu verbreiten.”

„Hast du die Briefe abgeschickt?”

Die Antwort stand in Douglas Gesicht geschrieben, bevor er sie aussprach. „Die Briefe liegen auf der Polizeiwache.”

Douglas war sich vor dem Aussprechen seiner Worte nicht sicher gewesen, ob Aleen mit Wut oder Entsetzen reagieren würde, aber er hatte erwartet, dass Aleens Reaktion wortreich ausgefallen wäre. Sie schweigen zu sehen, machte ihn nervös. „Ich gebe zu… ich hätte die Briefe vermutlich abschicken sollen.”

Abermals übernahm die Stille. Wieder hielt Douglas sie nicht aus. „Aleen… ich habe die Briefe gelesen. Deine Gedanken und Vermutungen. Die Welt die du da in deinen Briefen beschrieben hast, das ist keine Welt in der ich leben will. Keine Welt, in der meine Tochter groß werden soll.”

„Du kannst wegsehen.” Aleens schaute aus dem Fenster. Ließ die Bäume an ihrem Sichtfeld vorbeirauschen. „Wegsehen und hoffen, dass du nicht rein gezogen wirst. Du kannst auch deiner Tochter raten weg zu sehen. Aber du kannst nicht erzwingen, dass ich von meinem Weg ablasse.” Aleen wandte sich zu Douglas, während er angespannt auf die Straße schaute. „Wenn du mir nicht helfen willst, dann kann ich das verstehen, Douglas. Lebe dein Leben, solange du einen Grund hast, glücklich zu sein. Aber dann sag mir, dass du mir nicht helfen willst, anstatt deine Hilfe vorzutäuschen.”

„Ich fahre dich doch.”

„Nur weil du die Hoffnung hegst, mich unterwegs davon überzeugen zu können, doch von der Sache abzulassen.”

„Ich mache mir nun mal Sorgen um dich.”

Aleen schaute wieder aus dem Fenster. „Du machst dir Sorgen, dass ich recht habe."

22

Den Rest der Fahrt war das Schweigen dominant, wirkte auf Douglas und ließ seine Gedanken aufkochen. Als sie am Bahnhof von Inverness ankamen, konnte sich Douglas nicht länger zurückhalten. „Wann wirst du wieder kommen?"

„Vielleicht in zwei Tagen. Vielleicht in einigen Wochen. Vielleicht auch nie."

„Aleen, ich…"

„Douglas. Grüß Saundra von mir, wenn sie aufwacht."

23

Der Hörsaal war groß, bot etliche Sitzplätze und war doch nur spärlich befüllt. Vereinzelt saßen die Studenten in den Reihen und wirkten wie Felsen, die standhielten gegen die Wortflut des Professors.

Der Professor war klein und drahtig, sprach aber mit flammender Leidenschaft und tiefer Bassstimme über mittelalterliche Handelsrouten. Mehr als genug Leidenschaft, um der Apathie seiner Studenten entgegenzuwirken.

Aleen beobachtete den Professor und lauschte seinen Worten. Ein durchaus intelligenter, wortgewandter und gebildeter Mann, der die Vorlesung auf spannende Weise aufzuziehen verstand - und dennoch, konnte Aleen das Ende der Vorlesung nicht erwarten. Nach all den Monaten der Suche, drohten plötzlich Minuten des Wartens den Verstand zu rauben.

Schließlich wurde die Vorlesung beendet. Die Studenten strömten raus. Aleen schritt nach vorne.

Der Professor strahlte. „Sie sind neu. Ich habe sie noch nie in einer Vorlesung gesehen. Hat es Ihnen gefallen?"

„Ich möchte Sie nicht belügen, Professor Mac Alastair. Ich bin nicht wegen Ihrer Geschichtsvorlesungen hier."

Das Strahlen erlosch, aber die Augen des Professors entfachten. „Wie haben Sie mich gefunden?"

„Monatelanges umher Irren, Nachfragen und Zuhören. Seit Juli bin ich Glasgow. Erst heute Morgen erfuhr ich, zu wem das Pseudonym gehört."

„Juli? Sie sind mehr als hartnäckig, wenn Sie bis zum Herbst ausgeharrt haben. Sind Sie hier um über meine Publikation zu sprechen?"

„Ich bin wegen eines bestimmten Buches hier. Von Küste zu Küste - Parapsychologische Erscheinungen auf Schottischem Boden."

„Nun denn. Wie fanden Sie das Buch?"

„Ich habe es nicht gelesen."

„Lassen Sie mich raten." Der Professor verschränkte die Arme, was die zuvor so präsente, leidenschaftliche Ausstrahlung eindämmte. Der Zeigefinger seiner rechten Hand tippte auf sein Kinn, während sein Gesicht seine Skepsis zeigte. „Sie kommen aus einem der erwähnten Orte, nicht wahr? Sie wollen irgendeine Kompensation von mir erpressen oder mir ein schlechtes Gewissen einreden. Nur zu." Herausfordernd hob der Professor seine Arme und streckte seine Brust raus. „Sagen Sie mir, dass ich in der Hölle landen werde. Sagen Sie mir, es ist Teufelswerk, diese Zeilen zu schreiben, welche Sie nicht einmal gelesen haben."

„Im Gegenteil, ich habe großes Interesse daran, ein bestimmtes Kapitel aus Ihrem Buch zu lesen. Doch jeder Buchladen, den ich aufsuche, jede Bibliothek und jede Privatsammlung, sie alle führen das Buch nicht länger, wenn ich aufkreuze. Oder ich finde neue Ausgaben Ihres Werkes, in denen das Kapitel fehlt, nach dem ich suche."

„Das Kap Mar." Der Professor nickte. „Das Kapitel

hat stets den meisten Ärger gemacht. Vielleicht weil es der Wahrheit am nähsten kommt? Wer weiß, wer weiß. Weshalb interessieren Sie sich dafür?"

„Mein Gatte starb im Leuchtturm. Suizid-"

„Mit dem Seil. Wie früher." Der Blick des Professors verlor sich, während er die Worte im Geiste wiederholte. Dann fing sich sein Blick und haftete auf Aleen. „War ihr Gatte ein gefühlsvoller Mensch? Hat er sich gerne in der Phantasie verloren? War er ein Künstler? Musiker? Vielleicht sogar..."

Die Tür zum Hörsaal wurde aufgestoßen. Der Wind heulte durch den Flur.

Der Professor nickte. „Wie damals." Er packte Aleen am Arm. „Kommen Sie mit. Ich werde Ihnen etwas zeigen."

24

Das Anwesen des Professors erstreckte sich über zwei Stockwerke mit dutzenden geräumigen Zimmern, und doch schien der Platz knapp. Zugestellte, überfüllte Räume, hinter welche Tür Aleen auch blickte. Bücher, Kisten, Manuskripte, Möbel - für Besucher schien es kein System hinter der Ansammlung zu geben. Dennoch suchte der Professor in einer bestimmten Ecke eines bestimmten Arbeitszimmers.

„Waren Sie schon einmal am Kap Mar, Professor?"

Der Professor erstarrte. „Nicht im Leuchtturm." Sein Blick war wuterfüllt, als er sich zu Aleen drehte. „Diese vermaledeite Behörde, welche für den Leuchtturm zuständig ist, sie hat mein Vorhaben blockiert. Mir den Zutritt zum Leuchtturm verweigert und der Bevölkerung geraten mich zu meiden."

„Und doch konnten Sie ihr Kapitel verfassen."

Der Professor beugte wieder über eine der Kisten. Sein

Kopf irgendwo zwischen dem Inhalt, um den suchenden Händen ein Ziel zu geben. „Weil die Wissenschaft sich nicht von Institutionen untergraben lässt, meine Gute. Aha!" Der Oberkörper des Professors verschwand fast in der Kiste. Dann richtete er sich auf und seine Hände hielten triumphierend eine unscheinbare Holztruhe hoch. „Ich wusste doch, das war in dieser Ecke."

Alles, was auf dem Tisch lag, wurde rücksichtslos zur Seite geschoben, um der Truhe Platz zu schaffen. Noch bevor der Professor sie öffnete, winkte er Aleen zu sich hinüber.

Eingerahmt in Wänden aus Holz, ruhten mehrere Schichten beschriebener Blätter. Auf ihnen ein Seil, das zum Galgen gestrickt war.

Der Professor wies Aleen an, in die Truhe zu greifen. „An diesem Strick soll einst der erste Wärter am Kap Mar gehangen haben. Natürlich, lässt sich das nicht beweisen, und es ist wahrscheinlich, dass ich von dem Verkäufer getäuscht wurde, aber dennoch, die Geschichte hinter diesem Strick ist wahrlich faszinierend. So wie das meiste über diesen Leuchtturm. Sie haben gesagt, ihr Gatte habe im Leuchtturm überwintert und Stimmen gehört. Hat er in seinen Briefen beschrieben, wie diese Stimmen klangen?"

Aleen fuhr mit ihren Fingern über die rauen Fasern des Stricks. „Friedrich sprach von Klageliedern. Und davon, dass die Stimmen jemanden suchen."

Der Professor nickte begeistert. „Das deckt sich mit den anderen Zeugenaussagen. Es scheint ein wiederkehrendes Phänomen zu sein."

Aleen spürte die Kälte erst am Nacken, dann in Brust und Bauch. „Professor. Was vermuten Sie, steckt hinter den Todesfällen und den Stimmen?"

„Ich möchte Ihnen keine Erklärungen in den Kopf setzen. Ich werde Ihnen sagen, was ich weiß, und Sie werden mir dann sagen, was Sie denken." Der Professor räusperte sich, bevor er seinen Monolog begann: „Ihr Gatte, Friedrich, ist der erste Leuchtturmwärter der sich in diesem Jahrhundert am Kap Mar das Leben nahm. Die Jahre davor war jeden Winter der selbe Wärter am Kap Mar - ein gewisser Ross Graham. Doch im letzten Jahrhundert, von 1854 bis 1896, starb jeden Winter mindestens ein Wärter, und nicht selten sogar alle Beide. Stets Suizid mit dem Seil - wie von den Wärtern versichert, welche ihre Kameraden tot auffanden. Und stets behaupteten sie, dass die Verstorbenen vor ihrem Ableben zum Wahnsinn neigten. Stimmen wurden erwähnt. Mehrfach.” Der Finger des Professors drückte sich auf den Stapel Blätter in der Truhe. „Es ist alles in Polizeiberichten der Zeit notiert. Die Überlebenden haben es bezeugt. Und sie haben ihre Erfahrungen nur Teilen können, weil sie selbst nicht dem Wahnsinn verfallen sind.”

„Ich kenne Ross. Er sprach von Stimmen im Leuchtturm - aber auch davon, dass er bewusst weghörte, weil er wusste, dass sie nicht real sein konnten. Friedrich hingegen gab sich dem Ganzen voll und ganz hin. Deshalb haben Sie gefragt ob Friedrich ein phantasievoller Mensch war. Es ist die Voraussetzung.”

„In der Tat. Ich vermute, dass was auch immer am Kap Mar sein Unwesen treibt, die Schnittstellen zwischen Wahrnehmung und Phantasie nutzt. Es gibt Menschen, welche von Natur aus Anfälliger für die Mächte dort sind.”

Die Worte des Professors schufen in Aleen schreckliche Vorstellungen; keine Bilder, sondern viel mehr ein vages Gefühl, dass ihre Beobachter dort lauerten, wo sie nicht hinsehen konnte. „Womit haben wir es im Leuchtturm zu tun?”

„Ich konnte mir keinen Reim daraus bilden. Deshalb ging ich nach meinen ersten Recherchen nach Inkswick, um dort mehr zu erfahren. Und obwohl mir der Wärter, den ich befragt habe, nur das erzählt hat, was ich bereits wusste und die Behörde und die Stadt meine Recherchen zu sabotieren versuchten, habe ich etwas Entscheidendes in Erfahrung bringen können. Der erste Wärter der am

Kap Mar sein Leben verlor, Randolph Lithgow, starb nicht aus eigenen Stücken. Er wurde von den Bewohnern der Stadt gehängt."

Randolph Lithgow. Der Name hallte in Aleens Geist wider. „Wissen Sie weshalb er gehängt wurde?"

„Eine Form der Selbstjustiz. Zumindest vermute ich das. Zu der Zeit, als all dies geschah, wurde kein Wert auf eine ordentliche Dokumentation gelegt. Dementsprechend gibt es wenige handfeste Beweise - aber ich vermute, dass es mit den zahlreichen Schiffsunglücken in diesem Winter zu tun hatte. Es gab damals nicht wenige Wärter, welche die Befeuerung ihrer Leuchttürme manipulierten, Schiffe auflaufen ließen und die Transportgüter plünderten. Vermutlich wurde der Wärter solch eines Verhaltens verdächtigt."

Als hätte die Erkenntnis seit Ewigkeiten in den Gedanken gelauert, tauchte sie auf und verströmte eine Kälte, welche Aleens Herz ergriff und nicht mehr loslassen sollte. „Es sind die Seelen der Verstorbenen. Sie kommen und hängen den Wärter."

„Das glaube ich auch. Sie vollstrecken das Urteil an den anwesenden Wärtern, weil sie sich nicht an Randolph rächen können. Weil die Bewohner von Inkswick damals Randolph hängten und somit den Opfern die Möglichkeit raubten, selbst die Strafe umzusetzen." Der Professor schüttelte den Kopf. „Aber wir sind die einzigen Beiden, die das glauben. Während die Welt den Rest meines Buches belächelt hat, war das Kapitel um das Kap Mar - nun, sagen wir, es wurde äußerst kontrovers aufgenommen und diskutiert, bevor ich geächtet wurde." Der Professor wirkte niedergeschlagen, seine Stimme brüchig und kraftlos. „Mac Alastair ist kein Pseudonym. Es ist mein alter Familienname. Ich musste mich nach all der Aufruhr umbenennen, um noch Arbeit zu finden. Einer der Gründe, weshalb ich mich in den letzten Jahren nicht mehr mit dem Kap Mar befasst habe."

Eine Stille trat in den Raum, und erst nach mehreren Momenten schaute der Professor Aleen an. Es war ihr anzusehen, dass sie angestrengt nachdachte. Ein Anblick, welcher dem Professor ein Lächeln auf die Lippen zauberte. „Meine Gute, worüber zerbrechen Sie sich den Kopf?"

„Was ich von Ihnen erfahren habe… es spricht dafür, dass es die Seelen der Verstorbenen sind… und etwas in mir, sagt, dass wir damit Recht haben… aber… wissen Sie, mein Gatte war durchaus ein phantasievoller Mensch und hat sich gerne in Tagträumen verloren. Er hat stets mit Ehrfurcht über die Phantasie gesprochen, und sich als Maler nie getraut, diese darzustellen. Er hat stets nur gemalt, was er gesehen hat. Ausnahmslos. Er hat die Wirklichkeit eingefangen und sie auf Papier gebannt. So wie auch die Wirklichkeit am Kap Mar. Friedrich hat einen Mann gemalt. Ein Gesicht, das er gesehen haben muss, bevor er starb. Eine einzige Person, keinen lynchenden Mob."

„Tiefblaue Augen und eingefallene Wangen."

Aleen war so überrascht, dass sie erst nicht antworten konnte. Dann überwog erneut die Neugier. „Haben ihn die anderen Wärter auch gesehen?"

Der Professor war bleich. Stammelte vor sich hin. „Wer kann das schon sagen? Die sind alle tot und können nicht sprechen."

„Woher wissen Sie dann, wie der Mann aussieht?"

„Weil ich ihn gesehen habe. Jede Nacht in meinen Träumen. Seit Juli. Seit Sie in Glasgow sind. Seit Sie nach mir suchen."

25

Aleen ahnte, dass Professor Mac Alastair im inneren Zwiespalt lag. Seine Worte versicherten, dass das Haus für Aleen offen stand, und sie die Nacht im Gästezimmer verbringen durfte - getreu der edelmännischen Prinzipien, nach denen der Professor sein Leben führte. Doch die all zu menschliche Angst, die sein Gesicht verzogen hatte, verriet, dass der Professor sich in Aleens Gegenwart unwohl fühlte.

Aleen überlegte zu gehen. Dem Professor seinen Frieden zu lassen. Doch es war bereits Nacht und es bahnte sich ein Sturm an.

So lag Aleen kurz darauf in dem weiten, weichen Bett des Gästezimmers. Ihr Körper ergötzte sich an der Bequemlichkeit, die er seit Monaten nicht gespürt hatte. Monate des Übernachtens auf Parkbänken und Kirchenbetten, um diesen Mann zu finden, der mit seinen Antworten noch mehr Fragen aufwarf. Aleen konnte nicht schlafen. Sie war zu aufgewühlt und eingenommen von den Gedanken, die sie mitrissen.

Der Sturm wütete inzwischen. Die Regentropfen hämmerten gegen die Scheiben und die Fensterrahmen zitterten durch den vorbeiziehenden Wind. Doch in all dem Krach, hörte Aleen auch Stimmen. Die Stimme des Professors; wenngleich dumpf und abgeschwächt.

Mit wem unterhält er sich? Eine Frage, die Aleen mit vorsichtigen Schritten zur Tür trieb, auf den Flur und die Treppe hinunter.

Durch die Dunkelheit, in die Dunkelheit. Es brannte kein Licht im Haus und kein Schalter schien daran etwas ändern zu können. Doch aus dem Arbeitszimmer, in dem der Professor den Galgenstrick bewahrte, flackerte ein helles Rot auf den Flur.

Es kam von der tänzelnden Flamme einer Öllampe, welche auf dem Boden stand, zu Füßen den Professors.

Er saß mit dem Rücken zur Tür auf einem Stuhl und verdeckte seinen Gesprächspartner.

Aleen verstand die einzelnen Worte nicht, doch sie erkannte an der Tonlage, dass es ein emotionales Gespräch war, denn der Professor wartete Antworten ab und reagierte gestenreich. Flehte und fluchte. Aleen hörte jedoch kei-

66

ne zweite Stimme im Raum.

„Professor Mac Alastair. Alles in Ordnung?"

Aleen wurde ignoriert. Sie betrat den Raum und sah nach wenigen Schritten, dass der gegenübergestellte Stuhl, mit welchem sich der Professor so aufgeregt unterhielt, leer stand. Der Galgenstrick hing einer Krawatte gleich vom Hals.

Der Professor beachtete Aleen nicht, sah durch sie durch, als sie sich vor ihn stellte. Sie nahm ihm den Galgen ab. Die Fasern wirkten nicht mehr so rau, wie vor ein paar Stunden. Das Seil schien jünger.

Aleen verspürte den Drang, dieses Haus zu verlassen - doch selbst in diesem fensterlosen Raum spürte sie Donner und Windböen. Solange dieser Sturm noch wütete, war Aleen in diesem Haus gefangen.

Alleine mit einem Professor, der sie nicht wahr nahm, dafür aber jemand anderen.

26

Aleen verschloss die Tür des Gästezimmers und öffnete das Fenster. Der starke Regen strömte sogleich hinein. Aleen schmiss den Galgen so weit sie konnte, und drückte, um das Fenster zu schließen.

Sie fühlte sich nicht sicher. Nicht in diesem Haus. Aber der Sturm wütete immer kräftiger. Was blieb ihr anderes übrig, als im Gästezimmer auszuharren? Dem einzigen Raum, welcher nicht mit den Kisten des Professors zugestellt war.

Angesichts der Umstände, hatte Aleen nicht vorgehabt zu schlafen. Sie wollte warten, bis der Sturm abschwächt, und das Haus schnellstmöglich verlassen. Doch die Müdigkeit kennt so manchen Schleichweg, auf dem der Schlaf unbemerkt den Geist erreicht.

Aleen schlief, erwachte jedoch, bevor der Tag anbrach.

Der Sturm war abgeklungen; es war nur noch ein leichtes Prasseln an den Scheiben zu hören.

Mit vorsichtigen Schritten suchte sich Aleen einen Weg durch das dunkle Zimmer. Ihr ausgestreckter Arm berührte etwas Weiches, Schweres, welches sich mit wenig Kraftaufwand zurückdrücken ließ, bevor es immer schwerer wurde, zurückschwang und gegen Aleens Körper prallte.

Aleens Hände fuhren das merkwürdige Hindernis nur kurz ab, denn sobald ihre Hände das Seil erfühlten, an dem der Leib hing, ließen sie ab.

27

Verantwortung am Tod des Professors. Scham, den Toten bestohlen zu haben.

Diese Gefühle brodelten. Irgendwo tief in Aleen, unter Schichten und Schichten von Entschlossenheit.

Als sie vor knapp acht Monaten im Zug nach Inverness gesessen hatte, war Vorfreude ihr Begleiter gewesen. Vorfreude auf Friedrich.

Dieses Mal, spürte sie eine andere Art Vorfreude. Die Vorfreude das Ziel zu erreichen, unabhängig davon, wo es lag. Ob im Wahnsinn oder im Tod.

Aleen war zu weit vorgedrungen, um sich jetzt von allem abzuwenden oder stehen zu bleiben.

28

In dem schwarzen Rauch auf den Bahnsteigen, wo Aleen einst nach Friedrich gesucht hatte, war nun nichts, was Aleens Aufmerksamkeit verdiente. Sie drängte sich an Menschen vorbei und schritt zur Straße, in der Hoffnung einen Fahrer nach Inkswick zu finden.

„Miss. Einen Moment bitte." Die Hand, welche Aleen

festhielt, gehörte dem selben Schaffner, welcher ihr damals angeboten hatte, den Koffer abzunehmen. „Sind Sie die Schwägerin von Douglas Mathieson, dem Polizisten?"

„Darf ich fragen, welche Rolle das spielt?"

„Er hat mich gebeten, ihn anzurufen, sobald ich Sie in einem Zug nach Inverness sehe."

„Sie haben sich nach all den Monaten mein Gesicht gemerkt?"

„Seit Monaten spreche ich jede Dame an, welche ich sehe. Der Polizist zahlt gutes Geld."

29

Douglas umarmte Aleen. Sprach davon, wie froh er war, sie lebend zu sehen. Im Wagen fragte er Aleen, wie es ihr ging, wie es in Glasgow gewesen war, und auch, ob sie erfahren hatte was sie erfahren wollte.

Gut, schön, ja, waren Aleens Antworten. Ihre Blicke verloren in der vorbeiziehenden Landschaft, durch die sie mit Douglas fuhr.

„Aleen, ich habe nachgedacht. Über das was du gesagt hast, und das, was ich dir gesagt habe." Douglas wartete auf eine Reaktion, bekam keine, und erklärte sich weiter. „In all den Monaten, in denen du in Glasgow warst, und ich nicht von dir gehört habe; ich dachte du wärst gestorben. Endgültig weg aus meinem Leben. Anfangs, wollte ich das nicht glauben und mich nicht damit abfinden. Aber inzwischen habe ich eingesehen, dass ich nicht von dir verlangen kann, über deinen Verlust hinweg zu sehen und ein neues Leben anzufangen, wenn ich das selbst nicht schaffen würde. Ich habe dir die ganze Zeit einreden wollen, dass dein Verlust verkraftbar ist, weil ich nicht mit ansehen konnte, dass du leidest. Das war falsch. Egoistisch. Nichts worauf ich stolz bin. Ich möchte nicht wie die Anderen in Inkswick enden. Wie Margret. Herzlos und…" Douglas seufzte und brach seinen Gedankengang ab. Orientierte sich neu. „Ich werde dir helfen, Aleen. Ich habe dir geholfen. War bei der Behörde und habe nachgeforscht. Leider konnte ich nichts in Erfahrung bringen, was du nicht bereits vermutet hast, aber ich habe eingerichtet, dass du den Leuchtturm durch den Winter führst. Falls du das willst.”

30

Die See verschob sich ruhig und ließ das Boot zaghaft schaukeln.

Dennoch hielt Aleen ihren Beutel, in welchem ihr Tagebuch und Friedrichs Briefe vereint lagen, dich an ihrem Körper. Aleen traute dem Wind zu, ihr die Briefe zu entreißen, so wie der Wind ihr einst das Portrait des hageren Mannes entrissen hatte.

Douglas saß nahe am Fährmann, um nicht mit Aleen sprechen zu müssen. Er hatte sich an Land von ihr verabschiedet, um es sich selbst leichter zu machen.

Am Horizont, wo Blau auf Blau traf, bildete sich ein heller Punkt, welcher sich allmählich in die Länge zog, bis der Leuchtturm in voller Pracht zu sehen war.

Sie passierten die ersten Felsen. Manche von ihnen dicht unter der Wasseroberfläche, Andere knapp darüber. Der Fährmann ließ das Boot langsamer fahren und navigierte mit großer Vorsicht. Assistiert von Douglas, welcher mit einem langen, dicken Holzstab in Händen, das Boot von den Steinen weg stieß, wann immer sie sich zu nahe kamen.

Der rundliche, breite Felsen, auf welchem der Leuchtturm stand, wirkte bei dem momentanen Wasserstand fast wie eine winzige Insel, umzingelt von scharfkantigen Felsengruppen.

Das Boot erreichte festen Grund.

Sogleich sprang Douglas aufs Land und nahm die Kisten mit Proviant entgegen, die der Fährmann vom Boot zu hieven begann.

'Auf dem noch nassen Fels zu stehen, weckte ein Gefühl von Unbehagen in Aleen. Sie musste ihren Kopf in den Nacken legen, um die Spitze des Leuchtturmes zu sehen, und es war am Nacken, wo das Unbehagen nistete.

„He, Miss!" Der Fährmann winkte Aleen zu, und als er ihre Aufmerksamkeit hatte, zeigte er zum Leuchtturm. „Sagen Sie dem Wärter er soll rauskommen. Ich will hier weg, bevor die Flut kommt."

Aleen wandte sich wieder dem Leuchtturm zu. Bedrohlich ragte der Leuchtturm in den Himmel und wuchs mit jedem von Aleens Schritten. Zaghafte Schritte, doch ein resolutes Hämmern gegen die massive Stahltür, und Aleen konnte mithören, wie sich die Geräusche im Inneren des Turmes nach oben hallten.

Es schien keine Antwort zu kommen. Gerade als Aleen die Möglichkeit erwog, dass der Wärter verstorben sein könnte, öffnete sich die Tür. Vor Aleen stand ein alter Mann, mit rasiertem Schädel und einem mächtigen Schnauzer.

Die Blicke trafen sich und zwangen Aleen eine Mimik auf, welche der Mann zu verstehen meinte. „Ich bin vielleicht nicht der Hübscheste, aber Sie brauchen doch nicht gleich zu erbleichen."

Die Stimme des Mannes war Aleen ebenso bekannt wir sein Aussehen. „Ross…"

Die Augen des Mannes wurden groß. „Kennen wir uns?"

Aleen erstarrte. Wenn das Treffen an der Klippe nur Einbildung gewesen war - wie konnte Aleen dann Aussehen und Stimmlage so präzise vorhergesagt haben?

„Miss. Ist alles in Ordnung?"

„Wo ist Hendry?"

„Hendry?", Ross' wurde lauter, „Hendry hat sich das Leben genommen, nachdem so ein verfluchter Gelehrter ihm Schwachsinn eingeredet hat."

Teil Drei: Aleens Frieden

Die schwere Stahltür fiel ins Schloss. Aleen hörte das, obwohl sie weit oben im Leuchtturm stand. In der Etage unter der Befeuerung, welche Friedrich sein Zuhause genannt hatte.

34 Briefe hatte Friedrich geschrieben. 34 Tage hatte Friedrich hier verbracht. Dann war der Mann mit den tiefblauen Augen gekommen.

„Randolph Lithgow." Aleen wiederholte den Namen mehrfach, doch bis auf den Wind und das Meer, antwortete niemand.

Es folgten Tage mit striktem Programm. Wann immer Aleen nicht die Befeuerung bewachte oder Wetterdaten notierte, und sie sich weder mit dem Zubereiten ihrer Mahlzeiten, noch mit Schlaf ablenken konnte, schrieb sie. Sie schrieb ihre Gedanken und Gefühle in ihr Tagebuch, um nicht zu vergessen, wer sie war. Warum sie im Leuchtturm am Kap Mar überwinterte.

Mit den Tagen und Nächten, welche vorbeizogen, verstand Aleen Friedrichs Briefe besser. Die Erschöpfung nagte in der Tat Verstand und ließ die Einsamkeit umso erdrückender wirken.

Am 31. Tag war Aleen ausgelaugt. Selbst nach mehreren Stunden Schlaf - mehr Schlaf, als sie sich erlauben durfte - fühlte sie die Trägheit ihres Geistes. Es schien ihr unmöglich, einen Gedanken länger als ein paar Augenblicke zu halten und weiterzudenken; die Gedanken verflüchtigten sich, bevor Aleen ihre Tragweite begreifen konnte.

Teilnahmslos ließ sie die Routine eingreifen und bereitete sich die Mahlzeit zu, welche sie für ihre Wachschicht stärken sollte. Sie vergaß jedoch, das Zubereitete zu essen und trat dadurch ihre Pflicht auch körperlich geschwächt an.

Die sternlose Nacht breitete sich aus und verschlang die

Umgebung. Nur der wandernde Lichtkegel des Leuchtturmes vertrieb die Dunkelheit für einen kurzen Moment, bevor er weiterzog und dem Dunkel wieder Platz bot.

Aleen stand nahe an den Scheiben und blickte hinab in die schwarze Tiefe. Das wandernde Helle kam, erleuchtete den Bereich und zog weiter. Kam wieder, ging wieder.

Bei Licht sah Aleen die Wellen, welche sich über die Felsengruppen schoben. Bei Dunkelheit meinte Aleen noch mehr zu sehen. *Ich muss den Wellen näher kommen,* dachte Aleen als ihr Gesicht die Scheibe berührte. *Näher kommen...* Aleen drückte, doch die Scheibe gab nicht nach.

Der Lichtkegel kam wieder und warf Aleens Schatten auf das unruhige Meer. Der Lichtkegel ging wieder und hinterließ Finsternis in Aleens Sichtfeld.

Doch diese Finsternis veränderte sich schlagartig, und als der Strahl der Befeuerung wieder in Aleens Rücken schien, sah sie ihn.

Das Portrait war ausgebleicht und die Pinselstriche hatten ihre Kraft verloren - doch die blauen Augen, die von der anderen Seite der Scheibe auf Aleen blickten, waren unverändert.

Wieder Dunkelheit. Neun Sekunden bis das Licht auf diese Seite scheinen würde. Neun Sekunden in denen Aleen erwartete, den Verstand zu verlieren.

Sie sah Dinge, welche es nicht gab. Bildete sich Unnatürliches ein. Phantasierte. Daran gab es für Aleen keine Zweifel.

Das Licht kam und im Schatten, welchen Aleen auf Scheiben und Meer warf, flatterte noch immer der Papierfetzen.

Ich muss die Fenster öffnen; die Fenster öffnen und das Portrait ergreifen - was sonst, sollte Aleen tun? Wenn der Strahl in ihre Richtung schien, suchte sie mit ihren Blicken nach einem Griff oder Hebel; wenn er in die andere Richtung schien und sie im Dunkeln ließ, suchte Aleen mit ihren Händen die Fensterrahmen ab. Es musste einen Weg geben, auch wenn Aleen diesen Weg ebnen musste. Den Schraubenzieher nahm sie, ohne es zu merken; auch das Ausholen geschah unterbewusst - aber gerade in dem Moment, in welchem die Muskeln anspannten um, das Werkzeug gegen das Glas zu werfen, tauchte Aleen aus ihrer Geistesabwesenheit auf. *Was tue ich hier?*

Sie ließ den Schraubenzieher fallen. „Ich werde nicht dem Wahnsinn verfallen. Ich werde hier auf dich warten, Randolph."

Mit dem nächsten Windstoß, wurde das Portrait von der Scheibe gerissen und davon getragen.

Einige Stunden später kündigte die Sonne das Ende der Wachschicht an, welche Aleen schon längst beendet hatte. Weder Wetterdaten noch der sich verkrampfende Magen interessierten sie. Mit aufmerksamen Blicken suchte Aleen in ihrer Etage nach dem hageren Mann. Vermutete ihn hinter Schranktüren und Bettwäsche.

Wann immer sie ein neues, vermeintliches Versteck erspähte, hinter welchem sie nichts fand, wusste Aleen nicht, ob Erleichterung oder Besorgnis überwog. Auch wenn Aleen sich nicht nur einmal bewies, dass sie alleine war, fühlte sie sich stets beobachtet.

Ein Hauch von Vernunft erreichte Aleen. *Ich muss essen. Essen und bei Kräften bleiben. Er will mich schwach.* Die Hände griffen in den Schrank und ins Leere. Das Geschirr stand über die Etage verteilt. Voll mit dem ungenießbaren, unberührten Essen.

Die Krämpfe im Magen zwangen Aleen zum vorgebeugten Gang. Aus einer der Proviantskisten holte Aleen ein Stück Trockenfleisch und biss die Hälfte ab. Das Kauen war anstrengend. So anstrengend, dass Aleen sich fragte, ob sie nicht mehr Kraft beim Essen verlor, als sie dazu gewann.

Aleen schloss die Augen. Es war kalt. Kälter als es sein durfte. Und laut. Das Meer und der Wind - es war, als stünde keine Wand zwischen ihnen und Aleen. Und in all der Weite der Klänge, in welcher sich Aleen verlor, mischte sich der Aufprall von Stahl auf Stahl.

Aleen riss die Augen auf. Wieder hörte sie Stahl auf Stahl. Stille. Wieder Krach von weit unten.

Der Wind wehte die Wendeltreppe hinauf und erschwerte das Vorankommen. Auf halbem Weg erkannte Aleen die Ursache der hämmernden Geräusche: die Tür wurde vom Wind aufgestoßen und zurück ins Schloss gedrückt. Wieder und wieder.

Ohne diese Grenze aus Stahl, traten die Wellen ungehindert über die Türschwelle in den Leuchtturm; sammelten sich im tiefsten Punkt und füllten diese Stelle zwischen Boden und Eingang fast vollständig aus.

Aleen drehte um, suchte in ihrer Etage nach einem brauchbaren Eimer, und eilte dann die Wendeltreppe hinunter. Eimer für Eimer versuchte sie das Wasser wieder aus dem Leuchtturm zu schaffen, doch die größten Wellen, welche auf den Felsen trafen, streckten sich über die Türschwelle und machten Aleens Fortschritt zu Nichte.

Es hatte keinen Zweck. Keinen Sinn. *Was tue ich hier?* Diese Frage brannte so lichterloh in ihren Gedanken, dass die Frage, wie die Tür überhaupt aufgegangen war, in Bedeutungslosigkeit versank.

Aleen ließ den Eimer los. Er fiel ins Wasser und tauchte wieder auf. Hielt sich unruhig auf dem kreisrunden See aus Meerwasser, während Aleens Hände den Griff der schweren Stahltür umschlossen.

Sie zog - doch die Tür bewegte sich nicht. Wieder zog Aleen mit voller Kraft - bis sie in einiger Ferne draußen im offenen Meer ein Segelschiff sah. Mit einem klaffenden Loch im Leib sank es dem Seegrund entgegen.

Ich habe die Befeuerung letzte Nacht entzündet - es kann nicht sein, dass sich ein Schiff dem Kap Mar nähert. Randolph will mir Schuldgefühle einreden. Aleen sagte sich das selbstbewusst, während sie zusah, wie Menschen vom Schiff sprangen und versuchten gegen die Wellen anzukommen. Einige von ihnen näherten sich der Insel. Schrien um Hilfe, während sie versuchten an den Felsen Halt zu finden.

Allmählich bröckelte das Vertrauen in die eigene Erklärung. *Was, wenn es tatsächlich passiert?* In Aleen keimte der Wille, zu helfen. Sie näherte sich dem Rand der Felsen und streckte ihren Arm aus.

Sogleich packten zahllose Hände Aleen - und im nächsten Moment warf eine Welle sie ins kalte Nass.

Sie tauchte auf, orientierte sich. Sah außer See und Felsen nichts.

Aleen griff nach dem Fels, doch er war bereits außer Griffweite und entfernte sich weiter. Die See trieb Aleen vom Leuchtturm weg.

Die Wellen wühlten sich auf, zogen Aleen mit sich und drückten sich über sie.

Aleen schwamm mit den Kräften die sie hatte, und Weiteren, welche erwachten, als Aleens Überlebensinstinkt die Kontrolle übernahm. Sie kämpfte gegen Wellen und Strömung, lechzte nach Luft und erstickte fast an den Wassermassen, welche sie verschluckte. Doch sie gab nicht auf.

Sie schwamm, bis ihre Hand den Fels ergreifen konnte. Anschließend zog sie sich hoch, hoch ins Sichere.

Wellen warfen sich ihr hinterher, um sie vom Felsen runterzureißen, doch Aleen erreichte die höchste Stelle.

Auf festem Boden und in sicherer Höhe kniete Aleen für einige Augenblicke auf dem nassen Stein, um ihrer Lunge die Atemzüge zu gewähren, die sie so dringend benötigte. Noch bevor Aleen ganz zu Kräften gekommen war, warf sie sich nach vorne, um die Tür festzuhalten, doch es war zu spät. Die Tür fiel zu.

Panisch zog und rüttelte Aleen an der Tür, und wurde im nächsten Moment gegen den Stahl gepresst. Die Flut deutete sich an, und die Wellen begannen sich vor Vorfreude in die Luft zu reißen.

Aleen würde ertrinken oder das Glück haben, mit solcher Wucht gegen einen Felsen gestoßen zu werden, dass es schnell vorbei gehen würde.

Kein Schicksal, welches Aleen akzeptierte. Sie nutzte die Eisensprossen an der Seite des Turmes, um bis zum ersten Fenster hinaufzusteigen. Der Wind stürmte und testete ihre Griffkraft. Mit einem kräftigen Tritt traf sie die Scheibe. Das Glas hielt stand. Noch ein Tritt, und die ersten Risse waren zu sehen. Beim dritten Stoß brach die Fensterscheibe.

Aleen trat weiter, um so viele Scherben wie möglich vom Fensterrahmen zu lösen.

Dann streckte sie ihr Bein und versuchte es auf den Fensterrahmen abzustützen. Wagemutig und leichtsinnig hing Aleen mit ihren Armen an den Eisensprossen, während ihre Beine sich durch das Fenster drückten.

Wie sollte der Körper folgen? Aleen wagte es nicht die Eisensprossen loszulassen. Zu groß war die Angst, das Gleichgewicht zu verlieren und nach hinten zu fallen.

Aleen zog ihre Beine zurück, stellte sie auf die Sprossen und versuchte nun mit einer Hand den Fensterrahmen zu ergreifen.

Es folgte die zweite Hand, und im nächsten Moment schon, war Aleen über den Fensterrahmen gebeugt. Dann zog sie ihre Beine nach, spürte aber einen stechenden Schmerz am Oberschenkel, verlor daraufhin den Halt und fiel in das innere des Turmes, knapp zwei Meter auf die Stufen der Wendeltreppe.

Durch das eingeschlagene Fenster heulte sich der Wind hinein. Aleen fror. So viele Hemden sie sich auch überzog. Jedes Gelenk schmerzte seit dem Aufprall, sodass Aleen große Mühe hatte, die Schnittwunde am Oberschenkel zu verbinden.

Sie verband die Wunde nicht fachgerecht. Das wusste sie. Aber zumindest hatte sie sich dazu gezwungen, die

Wunde zu desinfizieren, auch wenn eine Stimme ihr hatte einreden wollen, es wäre Zeitverschwendung. Oder hatte Aleen es als Zeitverschwendung gesehen und die Stimme sie ermahnt? *Ich muss bei Verstand bleiben.*

Das Tagebuch. Der Halt in dieser merkwürdigen Zeit. Aleen schlug das Tagebuch auf und begann ihre Niederschrift.

Tag 32. 24 Stunden seit dem letzten Eintrag.

Gestern Nacht habe ich das Portrait gesehen. Als ich Randolph beim Namen nannte, verschwand das Portrait wieder. Seither entgleitet mir die Kontrolle über mein Handeln. All zu oft tue ich Dinge, ohne es zu merken. Und viel zu oft, lasse ich mich von Randolph täuschen.

Mir zittern noch immer die Knochen von dem kalten Nass, in welches ich fiel, als ich Ertrinkende retten wollte. Ertrinkende, welche es nicht gab. Vielleicht die Selben, welche Hendry einst sah.

Ich verst-

Ein Tropfen Wasser war auf die Seite gefallen und hatte Aleens Satz unterbrochen. Ein Weiterer fiel.

Aleen schaute auf. Es tropfte von der Decke; von der Etage in welcher die Befeuerung stand.

Sie stand auf und stellte sich auf den Stuhl, um die Decke abzutasten. Das Wasser kam nun von einer anderen Stelle und als Aleen dort hinüberging, bemerkte sie eine Lache auf dem Boden nahe der Wand.

Aleen meinte, das Wasser liefe zwischen den Steinen der Wand hervor, doch als ihre Hände den Mörtel berührten, war er trocken und rau.

Wieder hat er mich getäuscht.

Aleen schritt zu ihrem Tagebuch, um ihren Gedanken zu beenden, bevor er endgültig entgleiten würde.

Auf dem Tagebuch lag ein Seil, das zum Galgen gestrickt war.

Die Fasern des Seils fühlten sich alt an. „Willst du mir

Angst machen? Ich weiß, wer von uns Beiden der Schuldige ist und diesen Galgen verdient."

Aleen erstarrte. *Die Befeuerung!* Es war bereits Nacht und Aleen hatte ihre Pflicht vernachlässigt. Sie hastete hoch, entzündete die Befeuerung so schnell sie konnte und betete, dass während der Dunkelheit kein Schiff in diese Gewässer gefahren war. Aleen sah aber nicht nach, denn sie war sich sicher, dass Randolph diese Gelegenheit nutzen würde, um ihr Schuldgefühle einzureden. Sie Dinge sehen zu lassen, die es nicht gab, sodass Aleen die Verantwortung für seine Verbrechen auf sich nehmen würde. Daran gab es für Aleen keine Zweifel.

Sie stieg die Leiter wieder hinab. Der Galgen lag nicht mehr auf dem Tagebuch - er hing von einem der Holzbalken zwischen Befeuerung und Etage.

Für Aleen ein verzweifelter Versuch Randolphs, ihr Angst zu machen. „Du wirst mich nicht überzeugen können, an diesem Galgen zu hängen."

Aleen schlug ihr Tagebuch auf und schrieb einige Zeilen unter den Vorherigen.

Tag 32. 15 Minuten seit dem letzten Eintrag.
Ich habe einen Galgen gefunden.
Randolph ist nervös und will mich in den Wahnsinn treiben.

Aber ich weiß, wer diesen Strick verdient.
Noch zwei Tage.

Neuer Kampfeseifer erfüllte Aleen. Sie griff sich Proviant, ging zur Befeuerung, und stärkte sich für die kommenden Tage, ohne ihre Pflicht zu vernachlässigen.

Ihre Wachschicht verlief ruhig. Ereignislos.

Als die Sonne den nächsten Tag begann, ging Aleen auf ihre Etage um zu ruhen.

Mit müden Augen ein Blick zur Uhr. 09:07. Und die Augen schlossen sich.

Aleens Bewusstsein sank durch das Kissen hinab in den Schlaf.

Ohne Traum, ohne Erholung, erwachte Aleen wieder.

Ihre Gedanken dominiert von drei Worten: Noch ein Tag.

Auf dem Bett liegend, nahm Aleen sich das Tagebuch und blätterte zum letzten Eintrag.

Die Zeilen waren geändert worden.

Ich habe meinen Galgen gefunden.
Randolph ist ~~nervös~~ tot und will mich ~~in den Wahnsinn treiben.~~
                                        kennenlernen.
Aber ich weiß, wer diesen Strick verdient.
Noch zwei Tage, dann hänge ich dran.

Aleen riss die Seite aus dem Tagebuch und entdeckte dahinter eine weitere beschriebene Seite.

Am letzten Tag. Einige Zeit seit dem letzten Eintrag.
Ertrinken oder hängen. Egal. Hauptsache mir bleibt die Luft weg. Ertrinken oder hängen. Egal. Hauptsache mir bleibt die Luft weg. Ertrinken oder hängen. Egal. Hauptsache mir bleibt die Luft weg.

Die Sätze wiederholten sich und füllten die nachfolgenden Seiten aus. Es handelte sich um Aleens Handschrift. Aber all diese Seiten zu beschreiben; es musste Stunden gedauert haben. Stunden, die Aleen nicht zur Verfügung gehabt hatte; es sei denn, sie hatte nicht geschlafen.

Habe ich geschlafen? Sie war definitiv aus dem Bewusstsein getreten und eben erwacht, aber Aleen konnte nicht einschätzen, ob sie dazwischen ruhig liegen geblieben war. Ausgeruht fühlte sie sich nicht.

Ein Blick auf die Uhr, um sich zu orientieren. 09:04.

Aleen akzeptierte den Gedanken, dass die Zeit rückwärts lief, nur kurz. Sie eilte zur Leiter, denn es schien ihr viel wahrscheinlicher, dass sie fast volle 24 Stunden ihr Bewusstsein verloren hatte. Eine ganze Nacht war das Licht dem Kap Mar ferngeblieben. Aleen plagte die üble Vorahnung, dass Randolph die Zeit nicht nur genutzt hatte, um die Seiten zu beschriften, sondern auch, um die Befeuerung zu sabotieren. Sie sollte sich bewahrheiten.

Auf dem Holzsteg, welcher die Befeuerung umkreiste, lagen mehrere Maschinenteile. Aleen konnte ihre Funktion nicht bestimmen; aber sie erkannte sofort, dass die Befeuerung anders aussah als in den Wochen zuvor.

Sie hatte bis zum Anbruch der Nacht Zeit, den Aufbau der Befeuerung weit genug zu verstehen, um sie eigenhändig wieder zusammensetzen zu können. Es folgten Stunden der Entschlossenheit und Stunden der Verzweiflung. Wie Aleen die Teile auch einsetzte, wie sie auch fluchte und betete - die Befeuerung entfachte nicht.

Allmählich begann die Sonne unterzugehen, und im letzten Rot des Tages, erschwerten die Sichtverhältnisse Aleens Bestreben weiter.

Dann wurde es unmöglich, genug zu sehen. *Ich brauche Lampen; Kerzen...*

Schritte.

Aleen hörte Schritte, aus der Etage, die sie versucht hatte ihr Zuhause zu nennen.

Der hagere Mann stand am Logbuch. „Du hast keine Wetterdaten eingetragen… Hast die Befeuerung nicht entzündet…" Die tiefblauen Augen starrten auf Aleen während die Lippen zu einem Grinsen auseinander klafften. „Willst du Menschen sterben sehen?"

Die Kälte, welche sich über die Wochen in Aleen ausgebreitet und verdichtet hatte, entwickelte Dornen. Aleen spürte das Stechen unter der Haut. Doch das Feuer, welches Aleen in all der Zeit nach vorne getrieben hatte, war noch nicht erloschen. Irgendwo unter der Kälte, brannte es noch immer und verhinderte, dass Aleens Bewusstsein erstarrte. Sie würde nicht vergessen, warum sie hier war. „Ich weiß, wer du bist.”

„Das weiß niemand. Sogar ich selbst vergesse es manchmal. Wie sollst du es wissen, wenn du mich zum ersten Mal siehst?”

„Mein Gatte, Friedrich, hat dich gemalt.”

„Friedrich…” Der hagere Mann nickte bedächtig. „Ich erinnere mich. Eine gute Seele. Ein guter Freund. Voller Liebe, Leidenschaft und Pflichtbewusstsein. Ein Jammer, dass er seine Pflicht nicht erfüllte, und dafür bestraft wurde. Ich vermisse ihn. Vermisst du ihn auch?”

Der hagere Mann stand plötzlich dicht hinter Aleen, legte seine Hände auf ihre Schulter und flüsterte ihr ins Ohr. „Er war hier. Hier an diesem Ort. Er ist es noch immer. Spürst du es?”

Aleen riss sich los. „Du hast ihn getötet.”

Mit erhobenen Händen näherte sich der hagere Mann. „Diese Hände haben niemanden getötet.”

Das Feuer in Aleen entfachte zu neuer Größe und dämmte die Kälte ein. Aleen wähnte ihren Gegenüber in der Defensive und drängte weiter, um ihm ein Geständnis zu entlocken. „Aber deine Zunge. Du redest die Wärter in den Wahnsinn, bis sie sich das Leben selbst nehmen.”

Der hagere Mann blieb stehen. „Ist das der Grund, weshalb du das Gespräch mit mir meidest?”

„Ich meide es nicht. Ich suche es.”

Sogleich standen zwei Stühle inmitten der Etage und der hagere Mann nahm auf einem davon Platz. Mit ausgestrecktem Arm zeigte er auf den gegenüberstehenden Stuhl. „Leiste einem alten Seewolf doch ein wenig Gesellschaft.”

Aleen setze sich und blickte hasserfüllt auf den hageren Mann.

„Wieso können wir keine Freunde werden, so wie ich es mit Friedrich war?”

Aleen beugte sich vor. „Weil du für seinen Tod verantwortlich bist."

Wieder hob der hagere Mann die Hände. „Ich bin für keinen Wärterstod verantwortlich. Das taten Andere."

„Die Seelen der Ertrunkenen. Sie suchen dich, finden aber nur unschuldige Wärter."

„Sie suchen mich? Sie kennen mich doch gar nicht."

„Ich kenne dich. Dich und deine Geschichte. Du bist Randolph Lithgow."

Der hagere Mann lachte. Lachte so heftig, dass er sich verschluckte und kräftig husten musste. Auf die Hand, die er sich vor den Mund hielt, fiel Wasser. Mehr und mehr Wasser. Auf dem Boden bildete sich eine Lache und der Geruch von Salz stieg auf. Schließlich beruhigte sich sein Husten und der hagere Mann sprach mit einem Grinsen. „Randolph war eine gute Seele. Ein wenig dumm, aber sehr liebenswürdig. Willst du ihn kennenlernen?"

„Du kannst mich nicht täuschen. Ich we-"

„Ein Jammer!", unterbrach der hagere Mann, „Randolph würde sich sehr freuen. Er ist nämlich sehr gesellig und liebt es neue Bekanntschaften zu machen. Stimmt's Randy?" Der kahle Kopf drehte sich und blickte zur Seite.

Aleen tat es ihm gleich und erblickte zahllose Leiber, welche allesamt an Galgenstricken von den dicken Holzbalken hingen.

Mit ihnen Friedrich. Ein Leib unter Vielen, für einen unbeteiligten Betrachter nicht von den Anderen zu unterscheiden, doch Aleen sah ihren Gatten zuerst.

Sie schloss die Augen und schüttelte den Kopf, um die Bilder zu verdrängen. „Das ist nicht echt. Du versuchst mich zu täuschen. In den Wahnsinn zu treiben."

„Wieso sollte ich denn so etwas tun?"

„Weil du dich deiner gerechten Strafe entziehen willst. Willst mich überzeugen, an deiner Stelle hier zu hängen."

Die Lippen klafften auf, die gelblichen Zähne ragten hervor. „Du denkst immer noch, ich wäre Randolph Lithgow? Er hängt doch dort. Zusammen mit Friedrich."

„Du warst einst mit Randolph in diesem Turm", erkannte Aleen. Sie beugte sich wieder vor und hielt der Fratze des hageren Mannes stand. „Du warst es, der die Befeuerung erlöschte um die Schiffe zu plündern. Randolph wurde zu Unrecht gehängt. Zu Unrecht, so wie die Wärter nach ihm."

Das Grinsen zog sich breiter. „Du bist es doch, welche die Befeuerung nicht entzündet hat. Du gefährdest die Leben der Seefahrer. Jetzt, in diesem Moment."

„Das ist dein Werk."

„Nein, Aleen. Bei Allem, was ich zu Lebzeiten getan haben mag; heute bin ich unschuldig. So unschuldig wie ein Ki-" Der hagere Mann erstarrte. Reckte seinen Kopf hoch, lauschte dem Wind für eine Weile und verzog dann das Gesicht. Sprach mehr zu sich selbst als zu Aleen. „Sie kommen…"

Er hastete die Wendeltreppe hinunter; zu schnell als das Aleen ihn ergreifen konnte. Sie eilte hinterher und als der hagere Mann beim Aufstemmen der Tür seinen Vorsprung verlor, sprang sie, um ihn niederzuwerfen. Doch Aleen glitt durch ihn durch und musste mit ansehen, wie er aus dem Leuchtturm ins Freie flüchtete und ins Meer sprang.

Es war zu dunkel, um seinen Kampf gegen die Wellen zu verfolgen.

Das einzige Licht in dieser sternlosen Nacht, kam von roten Lichtpunkten, welche in der Ferne schwebten und langsam wuchsen.

Boote näherten sich der Insel.

Aleen verschloss die Tür hinter sich und rannte hoch. Sie wusste nicht, ob sie sich beeilte, um die Befeuerung vielleicht doch noch rechtzeitig zu entzünden, oder um sich zu verstecken.

Als Aleen ihre Etage erreichte, hingen die Leiber nicht länger von den Holzbalken.

Zwei Dutzend Männer kauerten über die Etage verteilt. Jeder für sich, verloren in Selbstgesprächen. Bedacht von den strengen Blicken der Männer, Frauen und Kinder, welche an der Wand stehend die Wärter umkreisen.

Einige der Blicke fielen auch auf Aleen, während sie Friedrich suchte. Sie fand ihn unter dem Schreibtisch gekauert.

Friedrich stammelte unverständlich vor sich hin. Das einzige, was Aleen hin und wieder herauszuhören vermochte, war: „Was habe ich getan?"

Zuerst mit zarten Griffen und zaghaften Worten, dann mit kräftigem Rütteln und verzweifelten Rufen, versuchte Aleen Friedrichs Aufmerksamkeit zu gewinnen. Doch er schien zu fern, als dass er sie hören könnte.

Die schwere Stahltür wurde aufgestoßen. Stimmen erfüllten den Leuchtturm. Aleen sah erst den Lichtwurf an den Wänden nahe der Treppe, dann zehn Männer, wie sie mit Lampen in den Händen die Etage betraten.

Sie diskutierten in einem alten schottischen Dialekt und leuchteten mit ihren Lampen in den Raum.

Als der Anführer der Meute zum ersten Schritt ansetzte, wurde Aleen Zeuge, wie er sich in mehrere Richtungen zugleich bewegte; es schien, als würde für jeden Wärter eine Kopie des Anführers entstehen. Seine Gefährten stürmten los und vervielfachten sich ebenfalls. So packte der Anführer zwei Dutzend Wärter zugleich, während eine Kopie die Leiter hochstieg.

Aleen konnte es nicht verhindern. Die Hand des Mannes griff einfach durch sie durch, als sie sich schützend vor Friedrich stellte. Ihre eigenen Hände glitten durch den Körper des Anführers und auch durch die seiner Mitstreiter. Dennoch versuchte Aleen sie zu schlagen, zu stoßen und davon abzubringen, Friedrich zu hängen.

Die Schicksale der anderen Wärter waren Aleen egal. Der Strick lag bereits um Friedrichs Hals und das Ende des Seiles wurde über den Holzbalken geworfen. Die Männer zogen gemeinsam, bis Friedrichs Füße über dem Boden schwebten. Er hatte sich nicht gewehrt und unternahm noch immer keine Anstrengung, dem würgenden Griff der Schlinge zu entkommen. Aleen hingegen packte ihn an der Hüfte und stemmte ihn hoch, um ihm den Druck vom Hals zu nehmen.

Ihre Kräfte ließen schnell nach. Sie konnte Friedrich nicht länger halten und ließ los. Sah nur für einen kurzen Moment zu, wie das Leben langsam und qualvoll aus ihm entwich, bevor sie den Anblick nicht länger ertrug.

Sie wandte sich ab.

Überall in der Etage verteilt, hingen die Wärter und näherten sich ihren letzten Atemzügen.

Einer der Wärter verschwand, so wie die Kopien der Meute, die ihn gehängt hatte. Noch eine Gruppe. Aleen verstand, dass sie diesen Ort verließen, sobald die Wärter am Seil starben. Sie drehte sich wieder zu Friedrich und umarmte ihn. Weinte, während er aus dem Leben trat, und weinte noch immer, als er sich in ihrer Umarmung auflöste.

Niemand war mehr da, außer den strengen Beobachtern an den Wänden.

Aleen hörte Schritte und Stimmen aus der Etage über ihr: „Die Befeuerung wurde sabotiert!"

Eine andere Stimme mischte sich dazu: „Vom Wärter! Er ist schuldig!"

Im nächsten Moment kamen die Männer die Leiter runter und schritten auf Aleen zu. Sie spürte instinktiv, dass diese Kopien ihrer Realität weit näher standen. Aleen wehrte sich, schlug einem der Männer einen Zahn aus und trat einem anderen zwischen die Beine. Mehr Gegenwehr konnte sie nicht aufbringen, bevor Hände sie packten und sie ruhigstellten.

Aleen spürte das raue Seil um ihren Hals; es rieb sich zuerst, dann schnitt es sich in die Haut. Es fühlte sich an, als würde der Kopf vom Hals gerissen werden; tatsächlich aber, blieb der Körper an ihr hängen. Ballast, der nach unten zog, während Aleens Kopf der Decke näher kam. Arme und Beine bewegten sich; Füße suchten einen Halt,

Hände versuchten das Seil zu reißen.

Die Schwärze kam von den Rändern und verzweigte sich.

Aleen wollte schreien, doch ihre Stimme versagte. Allmählich brachen ihre Gedanken auseinander und Aleen fühlte nur noch. Wut, Trauer, Verzweiflung - unwichtig zu unterscheiden. Die Emotionen vermischten sich und hafteten an Aleens Geist. Es war der letzte Gang durch Leid, bevor sie Friedrich wiedersehen würde. Der Himmel, den sie erreichen wollte, begann erst dort, wo die Hölle endete.

Aleen reckte ihren Kopf nach oben, hin zu ihrem Ziel, während sich die Schwärze verflocht und schließlich vollständig Aleens Sicht ausfüllte.

Ich hoffe, Ihnen hat die Geschichte um den Leuchtturm am Kap
Mar gefallen.
Sie würden mir als Autor sehr helfen, wenn Sie eine Rezension
verfassen.

Vielen Dank,
Dimitrios Zafiris